# 해울의 시

민관영 저

# 작가의 말

"나"

"나"라는 사람

"나"다운 사람

남이 보는 "나"라는 사람

신의 제자

무속인

영적 상담사

멘토

강연자

또 다른 시작

시를 쓰는 사람

나의 길을 써 내려갑니다.

마흔 살 문턱에서 신의 선택으로 신내림을 받고

세상을 등지고 무속인의 삶을 살게 되면서

출가 아닌 출가를 하게 되었습니다.

그 후, 6년이라는 시간이 흘렀습니다.

그 시간 동안 세상의 다양한 이야기들이 저를 찾아왔습니다.

제 앞에 오신 많은 분들을 통해 세상을 조금 더 깊이 있게 알게 되었습니다.

그리고,

나! 라는 사람이

왜! 이런 삶을 살아야 하고,
왜! 사람들의 이야기를 듣고 답을 찾아 풀어 주어야 하는지
이해하고 알아가고 있습니다.

이 과정을 통해
저의 변화와 성장을 기록하게 되었고
사람들과의 만남 속에서
용기와 희망과 응원의 메시지를 담은 기도들을
기록하게 되었습니다.
이 기록들이 저를 한 번 더 성장할 수 있게 만들어 주었습니다.

이렇게 해울의 시간들이 모여 한 권의 책이 되어,
여러분들의 손으로 전달이 되었네요.^^

무속인으로 시작해
영적 상담사, 멘토, 그리고 강연자로
성장할 수 있도록 가르침 주신
나의 스승님께 진심으로 감사드립니다.
또한, 이 길을 함께 걸어준 정담마을 가족들에게
고마움과 감사의 마음을 전합니다.

해울의 시간들이
여러분들의 삶 속에서 성장과 희망의 빛이 되길 바랍니다.

우리 모두 "빛나는 인생"이길
진심으로 기원합니다.

작가의 말 2

## 1부 - 해울의 시

민관영입니다. 10
무속인입니다. 12
법을 만나다. 14
점괘(占卦). 기도. 굿. 16
점쟁이가 상담을... 18
하나님의 음성 21
생일(生日) 25
존재하는 신을 위해
나는 무엇을 해야 하는가? 34
궁예 민관영 36
나의 본질 40
2019년 100일 기도 1 45
2019년 100일 기도 2 50
회향이 어렵구나~ 54
신의 제자... 똑같은 사람 57
과거의 나를 마주해 보니... 65

# 2부 - 멘토의 시 1


나의 재미와 즐거움이... 70
엄마! 72
오고 가는 인연들과의 길목... 74
가면과 소망의 기도 75
갈증. 해소. 채움. 78
깨우침과 깨달음... 80
함께 간다는 건... 85
잘못했습니다. 87
자 신 90
열심히 사는 우리를 위해 92
물어오다
답답함으로 하늘의 별이 되었다. 94
관계... 정리... 97
관계... 무엇을... 알아야... 할까... 99
점(占)을 보는 나.
점(占)을 치는 나.
그리고 점(占) 보러 오는 그대들. 103
얇은... 마음... 107
돌아가는 우리들... 109
그들에서 우리로... 111
쉿 ? ^^ 112
까칠한 나! 113
바래본다~. 114
오늘의 나, 선물♡ 116
가르침 안에서... 117
생각의 게으름 119
말! 121
세상을 비추는 자~ 123
편함의 착각으로 어려워질 때 125
무거운 당신이 자유롭길~ 127
불편한 당신~^^ 129
걱정이! 131
자기 생각만 하는 그대여... 132
내 새끼~ 133
선생... 135
우리 마음... 136
시선 138
사랑... 바보처럼... 140
부끄러움과의 첫 만남... 143
따뜻한 엄마 146
60평생 후... 148
다시... 150
열등... 이제 안녕^^ 153
관심... 간섭... 155

# 3부 - 멘토의 시 2


친구 ?! 158
원래... 이런 곳은... 160
미움 163
남들과 다른 삶... 166
내가 없는 나! 168
용한 점쟁이는 아닙니다. 172
나의 눈물이여! 나의 친구여! 175
어리석은 사랑... 179
남의 사랑 184
해울당 186
서로를 위해~ 188
엄마가 된 청춘이여! 189
흔적이 기록이 되어~ 192
친구가~ 195
특별한 당신 198
가정? 가족? 201
눈물병 204
오늘을 산다. 206
탓이 재미가 되어 행복하시길... 208
생각. 다름. 212
선택. 길. 213
미움의 길 216
나! 219
기쁨~♡ 221
그들의 더러운 손! 그대의 자유! 223
답은 인연... 226
투명한 당신에게... 229
외톨이? 231
헛된 꿈 235
간절한 마음으로... 238
휴식 240
그냥 사랑 243
대운! 246
마녀들... 248
쉽지 않은 말 한마디! 251
어떤 감사 254
뽀로로... 아는가... 256
2023. 4. 20.(음) 3. 1. 시작한다. 258
말. 사람. 260
한발의 청춘의 용기 262
누군가의...? 263
충분한 설명이 없는 당신! 266
짱돌... 268
광대. 살아낸다. 270
간절했던 순간...
스승을 만날 수 있었습니다. 273
내 모습 276
조롱의 웃음에 분노할 것인가? 278
보살님! 부적이라도 쓰면... 280
편지. 도착... 283

## 3부 - 멘토의 시 2


함께 간다는 건... 284
별들이여... ♡ 286
이만큼 살아보니... 288
알량한 나의 지식의 양 290
기다림... 293
내 앞의 사람들! 295
백 송이의 꽃을 피우고 싶다. 296
배움... 그 뒤 298
오늘 마음 300
길들여진 자 301
돌아오고 싶은데... 303
늘... 바랜다. 사랑! 305
무당의 말 한마디... 조상 탓 307
그렇게 살자.^^. 309
가시는 길... 310
가족으로 남기고 간 추억들... 312
청년의 100일 314
나는... 317
다 같은 마음 319
어제♡ 321
나의 모습 322
미움... 미소... 324
만났다. 326
한번 해보는 거지~ 328
혼자 아니고 이제는 우리야!^^ 330
두 번째 편지... 도착! 332
너의 선택~ 334
각자의 길! 335
울고 웃다 337
불편한 눈과 귀! 339
같은 말 341
말! 343
열심히 달려온 세월~ 345
또~ 나는 싫다. 347
처음마음 349
늘 새롭게 하소서... 350
산다... 352
참... 353
밤 11시~ 355
무지개색 356
이제 그만... 358
슬프다. ㅜㅜ 360
다른 삶 364
나에게 보내는 편지! 366

# 1부

## 해울의 시

## 민관영입니다.

2022. 3. 15.     15:16

나의 이야기를 시작합니다.

음력 2018년 3월 12일
무속인 민관영이 되던 날

찬 바람, 찬 공기, 찬 기운이 서린 어두운 밤.
나는 아무도 없는
전라남도 광양 백운산 자락에서
새로움과 두려움, 설렘과 외로움을 안고
만신 제자가 되었다.

신의 세상에서는 나를 반기듯
어린아이 신들이 풀피리를 불며 맞이해 주었다.

내가 알던 상식 안에서의 무속인은
점치는 사람(길.흉.화.복.을 알려주는 자),
귀신(조상)을 보는 사람,
귀신과 교신하는 사람,
귀신을 숭배하는 사람... 이었다!!!

세상 사람들은
무속인이 된 민관영을

내가 생각했던 무속인으로
바라봐 주지 않았다.

세상이 보는 나는 참 씁쓸했다.

광대...
신들린 미친 사람...
신들린 아픈 사람...
괴물...

괴물...

"잘 맞추네." "못 맞추네."하며
가십거리의 중심이 되어있었다.
욕을 먹는 건 참 불편하고 불쾌한 일이다.
하지만, 이 모든 것을
나의 삶의 무게로 받아들여야 했다.

한편으로,
이름난 신의 제자로 명성을 얻으며
많은 사람들이 찾아와 주셨다.
누군가에게 필요한 존재일 때는
가슴 뜨거워지는 따뜻함이 느껴졌다.

"이것이 내가 해야 할 일이구나."

받아들여지는 순간이었다.

## 무속인입니다.

2022. 3. 15.　　16:15

2018년 (음)3월 12일
신들의 합의동참

신의 제자…
만신제자…
점쟁이…

많은 사람들이 입소문을 듣고 찾아왔다.
각각의 사연 속
고통, 고민, 아픔, 분노, 시험, 욕심…
내가 알지 못한 세상의 어둠, 탐욕 등
많은 사연 속 깊고 깊은 여러 세상을 보았다.
그들의 탁함,
그들을 향한 안쓰러움이
나를 흔들어
분노하기도 하였고, 고통스럽기도 했다.

해결해 줄 수 없는 안타까운 사연들,
어리석은 답을 원하는 사람들,
신들의 조화로 일어나는 영적인 문제들,
분쟁으로 일어나는 갈등,

가족 문제, 부부 갈등, 부모 자식 간의 문제,
인간관계에서 오는 고민...
세상 속에서 일어나는 많은 사연을 품고
무속인 민관영을 찾아왔다.

무속인 민관영은
그렇게 찾아오는 사람들에게
점을 쳤고,
주술로 풀어주기도 했으며
기복으로 할 수 있는 기도와 굿을 통해
신들께 허리를 굽히고,
무릎 꿇어 머리를 숙이고 애원하며
그들을 고통에서 벗어나게 해달라고
수없이 빌었다.

그때를 돌아보면
어린아이처럼 순수하게 빌고 기도하면
신들께서 풀어줄 거라 생각했던
나의 모습이
참 약했고, 무식했고, 비굴했던 것 같다.

## 법을 만나다.

2022. 8. 19.　　18:54

평범한 일반인에서
하루아침에
모든 삶이 변화했고
무속인이 되어
찾아오시는 인연들에게
상담(점. 굿. 기도.)을 하면서 시간이 흘러갔습니다.
신들의 말로는 신들이 알려주는 방법과 말로는
절대 어떠한 어려움도 풀릴 수 없고
기복을 통한 기도와 굿으로는 성취와 성과도
이루어질 수 없음을 확인했습니다.
이 과정을 경험하면서
무속인 민관영으로 살아야 하는
저는 정체성에 많은 혼란기를 겪었습니다.
그 무렵 자연의 법칙을 설명해 주시는
스승을 만나게 되었습니다.

그렇게 2019년 3월 법을 만나
흡수하고 흡수하고
알아가고 알아가면서
무속인으로 살아야 하는
저를 인정하게 되었고

그렇게 시작된 저의 공부는
여러 인연들과 함께 공부하는
환경으로 만들어 가면서
지금이 되었습니다.

현재 전남 순천 작은 도량에서
신을 모시는 제단과
상담 및 연구 나눔 할 수 있는
순천 커피숍 도량과
경기도 동탄 도량에서
인연 되어 오시는 분들과
공부해가며 함께 성장해 가는 중입니다.

이 모든 과정을
법으로 알게 해주시고
이해시켜 주시고
행할 수 있도록
가르침 주신
스승님께
감사드립니다.

## 점괘(占卦). 기도. 굿.

2022. 8. 22.　　23:55

점괘와 기도 그리고 굿
아무리 점을 잘 쳐도
수백 번, 수만 번을 빌어도
다시 원점으로 돌아오는 사람들?

다시 어려움을 풀기 위해
기도와 굿을 요청하는 사람들
다시 어려움이 올까 하는
두려움으로 점괘를 바라는 사람들

우리는 참 약하고 어리석고 비겁했다.

무속인 민관영은
이 모든 과정들 속에서 정체성이 흔들렸고
사람들에게 도움이 되지 못하는 내가
비참하고, 미안하고, 죄송스럽고,
자존심이 상했다.
몇 년 전 그때를 생각하면 너무 부끄럽다.
죽고 싶을 만큼 괴로웠다.
죽을 수는 없었다.
지켜야 하는 가족들이 있어 숨만 쉬고 있었다.

그래도 사람들은 점을 치러 계속 밀려왔다.
책임감 때문에 자존심 때문에
나의 고통은 뒤로 한 채
점을 치고 기도와 굿으로 빌 수밖에 없었다.

나는 약했지만
힘들어하는 인연들을 위해서는
내가 아는 방법으로 신들에게 살려달라고
비는 것... 뿐이었다.

그들이 고통에서 벗어나길 원했고,
그들이 지혜롭길 원했고,
그들이 강해지길 원했고,
그들이 행복해지길 원했다.

그러면서
나는 다시는
세상으로 돌아가지 않고
숨어서 살길 원했고
사람들에게서 잊혀지길 원했다.

그렇게 죽어가길 원했다.....

현재의 민관영은
바르게 살길 원한다.^^

## 점쟁이가 상담을...

2022. 9. 2.　　　0:42

과거의 나

-점쟁이

점괘 나오는 대로 말만 해보시오!!!

{~당신은 신들이 알려주는 대로 하는

신들의 노예가 아닌가요!}

과거의 정보를 보는 것과

현재의 정보를 보는 것과

앞으로 펼쳐질 일들을 보는 것

참!!! 놀랍고도 기겁할 일이기도 하다.
재주이기도 능력이기도 하지만
사람들은 원하는 답을 주지 않으면
나는 그들에게 무참히 쓰레기가 된다.
그들에게 함부로 말할 수 있는 민관영이 되어 있었다.
점은 그들에게 그러했다.

-상담/공감/소통/위로/격려/
어떤 이들은
인생의 수많은 갈림길에서 마지막 순간일 때
무속인 나를 찾아온다.
인생의 많은 탁한 삶의 흔적을 안고
지쳐서, 화가 나서, 억울해서, 한이 맺혀서, 죽을 것 같아서
지푸라기라도 잡고 싶은 마음으로
마지막 집 무식한 점쟁이라도 찾아온다.

이렇게 온 이들에게
나는 무식한 점쟁이가 아닌
삶의 갈림길에서
길을 안내해 주는 역할자이자
길 안에서 방향을 제시해 주는 멘토가 되어있었다.

점이 나오는 이유와 결과,
그리고 반성과 해결책이 필요했다.
묘책과 주술, 방책이 아닌

들어주고 이해해 주고 이유를 풀어주고...
인정과 위로와 용기가 필요했던 사람들...
그들은 무속인 민관영을
신의 노예가 아닌 신의 제자로 인정해 주었다.

무속인 민관영은
신의 제자로 사람들에게 필요한 존재라는 생각과
내 역할과 의무로 신께서 주신 사명으로
받아들여지고 있었다.

## 하나님의 음성

2022. 9. 9.　　　12:32

2011년 초여름 즈음
그때의 나는 서른셋이었고
두 아이의 엄마였다.
네일숍을 운영하던
뷰티숍 원장이었다.
많은 고객들이 인연으로 오고 갔다.
스쳐 지나간 인연들의 말과 행동 그리고 사연들이
생각난다.

그즈음 한 고객이 관심을 보이며
점점 가까이 다가왔다.
자신은 무속인이며
시간이 될 때 신당에 들려보라고 하셨다.
흔쾌히 "네" 하고
시간 약속을 하고 신당으로 갔다.

그분은 나에게
"당신은 신내림 받아서
이런 길을 가야 하는 사람입니다!"
라고 말해 주셨다.
나는 그렇게 당황스럽지 않았다.

들을 말을 들은 것처럼 담담했다.
“그래요? 제가 그런 사람이면 해야죠.”

그렇게 내가 가야 할 일을
하나님께서는
무속인의 입을 통해 알려주셨다.

너무 가볍지도 무겁지도 않게
내가 그럴 사람이면 무속인이 되어있을 것이고
아니면 지금 주어진 일을 하며 살겠지
하면서 반복되는 같은 일상 속에서
나름 감사하게 나름 즐겁게 살고 있었다.

지금의 나는 마흔넷이다.
아직 짧은 삶을 살았지만
그 삶 속에 일어난 모든 일들을
글로 다 전달하기는 아직 부족하다.

과거의 나는 태어날 때부터
남들과 극명하게 판이 다른 삶을 살았기에
새로운 환경과 인연들
세상을 바라보는 눈이
오만과 교만의 눈이 있었다.

과거의 나는

긍정적이고 감사할 줄 아는 참 괜찮은 인간인 줄 알았다.
큰 착각을 하고 살았다.

그렇게
신들의 유혹과 신들의 괴롭힘에도
꿋꿋하게 할 때 되면 하겠지 하고
일어날 일이면 일어나겠지 하고
왜 내가 해야 하는지!
왜 신들이 내게 왔는지!
무엇을 위해 이러는 건지!
알아볼 생각도 알아볼 이유조차도 하지 않고
먹고살아야 한다는 목적으로
열심히만 살았었다.

주변 사람들은 알기도 하고, 모르기도 하고
"저러고도 참 독하다."하면서
지켜본 것 같다.

가족들은 나의 내적 외적으로 일어나는
고통을 알기에
묵묵히 지켜봐 주었다.

7년이란 시간이 지나
나의 오만과 교만함이
스스로 신 선생님들을 면접 보면서

찾아 나섰다.

그렇게 인연이 된
신 선생님의 도움으로 신의 길로
입문하게 되었다.

## 생일(生日)

2022. 9. 18　　　23:22

생일(生日)
세상에 태어난 날

부모님을 통해 육신을 받고 이 땅에 태어났다.
태어나게 해주신 부모님과의 만남은 길지 않았다.
내가 생각하고 기억할 수 있을 때쯤 부모님과 먼 이별을 했다.

직접 키워주신 부모님은 나에게는 없었다.
그래서 생일이라는 개념을 알지 못하고
어린 시절을 보냈었다.
그때는 생일이 뭔지 모르고 살았었다.
초, 중, 고등학교 시절을 거쳐 가면서
생일날 사람들이 어떻게 보내는지 알게 되었다.

해마다 돌아오는 생일~~~
세상 사람들과 비슷한 생일을 보내왔다.

마흔이 되고
만신 제자로 세상을 접하면서
다양한 인연들의 사연 속에서 우리는
왜 태어나서

왜 살고 있지?
어떻게 살아야 하는지조차 모른 채
어려운 순간만을 풀려 하면서
잘 살고 싶어 하는지
잘 살고 있다고 생각하면
더 잘 살고 싶어 하면서
또 불안해하며
안주하려 하며 살아가는 다양한 모습들을 경험했다.
늘 안주와 불안과 걱정을 하며
더 잘 살길 원했다.
그럼, 잘 산다는 건 뭐지?
어떻게 하면 잘 사는 거지?

그리고 생일
인연들은
좋은 날을 받아서
무엇이든 하길 바라면서 찾아온다.
좋은 날을 받으면 정말 좋을까?

좋은 날 받아 태어난 사람들~
그들은 점사를 보러 와서
사주를 넣고
자신의 운명을 점을 친다.
좋은 날이라면 무조건 다 좋아야 하지 않을까?

좋은 날을 받아
태어난 사람들은 많았다.
그런데...?

“
**왜 왜 왜**
”

어려움으로
답답함으로
어리석은 욕심으로
본인들도 천대하고 광대로 보는
무식한 날 찾아오는지...
좋은 날 태어났다면 왜 좋지 못해져서 오는 걸까?
좋은 날을 받아 태어난 그들은~~~

생일!
쉽지 않은 숙제다.
날을 받아 태어났고
태어난 날이
어떤 날인지 물으러 가기만 했지
많은 사람들은
그날의 의미와 그날의 소중함에는
관심이 없어 보였다.
사실 나 또한 무식하게도

그날의 의미와 소중함을
알지 못한 채 즐기기만 하면서 살아왔다.
부끄럽다…

신과 사람과의 사이에서
일어나는 많은 환경들 속에서
태어난 이유와 살아야 하는 이유~
죽음으로 가야 하는 이유를
알기는 어려웠다.
태어나서도 사는 동안에도
도움이 되지 않았던
신들이 죽어서 도움이 되어
나를 찾아왔다는 이유도 받아들이기는
쉽지 않은 일이었다.

태어난 날!!!
왜 태어났을까?
왜 이 나라에 태어났을까?
왜? 뭘 하라고?
어린 시절 부모 없는 세월 속에서
세상을
눈으로 담고
귀로 듣고
입을 열지 못하고
온몸으로 경험하게 했을까?

태어난 날이
나에게는 어떠한 의미도 없이 살던 내가
신들의 동참으로 활동하는 제자가 되고 나서야
이 땅에 와서
어떤 역할로 사람들을 위해
어떻게 살아야 하는지
내 스스로 다짐을 하면서 알게 되었다.

육신을 만들어 이 땅에 태어나게 해주신
부모님께 감사하게 되었고,
나의 존재의 가치가 존귀함을 알게 되었고,
인연들의 다가옴이 소중함을 알게 되었다.

생일!
나의 시작인 이 날!
축복의 날!
내가 행을 만들어 축하받아야 하는 이 날!

이날의 축복을 알게 해주신
나의 스승님께 감사드립니다.

2022. 음7.1.

없다 함에 없지 않고
있다 함에 있지 않고.
우리가 담을수 없는 그릇이 되어,
담아 내질 원하는 욕망과 욕심이 있음을..
선함을 포장한 가면을..
과장된 포장으로 가려진 우리는 .
무엇을 위해 존재 하려하는가!
존재와 존재하지 않을 사이의 나는 무엇인가!
~위해라는 말도 부족하여, 나의 욕심을 가리는
나를 또는 나의 삶이 존재의 이유는 아님을!
온통, 온힘을 다하여 우리는 각자의 나를 위해
살아가려한다!
아버지시여!
그들을 위해 살겠습니다.
그렇게 살수있는 용기와 힘이 내게 존재하게하소서.
제자 미관영.

하늘이시여!
받으소서.
2022.8.20.
7.23

빛이 되소서.
날아오르리오___.
2022. 8. 20
지리산.

꽃길 가게하소서
꽃길이 피게하소서
지리산.
2022. 8. 20

만세 제자! 내 자손아!

저자거리 외로웠던 외롭게 투쟁해 가야했던,

중생위해 가야했던,

두번째 밟고 가거라. 늘 외롭더지만 그 길끝에 지리산 할매가

꽃방석깔고 보호하고 있으니 당당히 나아가거라!

사람 살리는 제자되어 내앞에 오거라!

내! 만세제자 만세 자손 너의 딸 너의 손주와 함께하리라!

지리산의 혼 이요. 백 이요. 충 이요. 천 이요. 수 이니라.

2022.<-> 8.8
<+> 9.5

## 존재하는 신을 위해 나는 무엇을 해야 하는가?

2022. 9. 25. 2:30

다수의 우리는
"나"라는 존재의 이유도 모른 채
"신이 왔다."
"신이 내렸다."에
두려워하고 신기해하기도 우월해하기도 하면서
신이란 존재에 집중한다.

나는 누구인가를 알고
존재하는 신들의 이유를 안다면
신들에게 굴복하거나 기복하지 않아도 될 수 있다.
더 나아가 우리가 다스릴 수도 있다.

나는 선택한다.
신을 알고
신을 인정하고
신을 받아들이고
신을 좌중 시키고
신을 이해시키고
신들과 합의를 보고
신들을 동참시키고

신들을 운영하는
만신 제자가 되기로~~~

쉽지는 않다.
내가 선택한 이 길이~

끊임없이 노력할 것이다.
신들에게 매달리는 제자는 되지 않을 것이다.
점치기 위한 신들의 도움보다는
신들의 운용자가 되어
다스릴 수 있는 제자로
상대들의 무거운 짐들을 잘 풀 수 있는 자가 되어
그들의 빛나는 인생의
빛이 되길 소망한다.

## 궁예 민관영

2022. 9. 25. 23:45

신내림을 받고
일주일 정도 지났을 즈음부터
어떻게 알고 오는지 인연들이 오기 시작했다.
자연스럽게 상담(점. 기도. 굿)을 하며
모르고 살던 다양한 인연들과 사연들
많은 양의 세상을 보았다.

그때부터 조금씩 조금씩 나는
괘 뽑는(잘 맞추는) 무속인으로
상담 잘하는 무속인으로
기도 잘하는 무속인으로
굿을 잘하는 무속인으로
무속인 민관영은 이름이 나기 시작했다.
또 한편으로는
잘 못 맞추는 무속인으로
욕도 많이 먹었다.

그리고 지인들은 나의 소식을 듣고
여러 가지 반응을 보이며
등을 돌리기도 하고
무섭게 보기도 하고

동물원 원숭이 구경 오듯 인연들을 보내
날 조롱하기도 하고 궁금해하기도 했다.
급해서 찾아와 도움받기를 원하는
지인들도 많이 있었다.
어떤 이들은 젊은 사람이 어쩌다~하며
날 안쓰럽게 보기도 하고
날 이용하려 하기도 했다.

신내림 후 내가 접한 세상은
내가 알던 세상이 아니었다.
내가 생각했던 것보다
무속인 민관영을 보는 세상의 시선과
나를 대하는 태도와 생각들은 비참했다.
이렇게 편협적이고
이중적일 수가 있을까?

분명 앞에서는
보살님 도와주세요.
보살님 잘되게 잘 봐주세요.
보살님 굿으로 성불보게 해주세요.
보살님 부적 잘 써주세요.
보살님 기도 잘 부탁드립니다. 등등등~~~ 해놓고
밖에서의 무속인은 사회적 쓰레기였다.

숨어서 조용히 온다.

세상으로 돌아가 활동할 때는
찾아온 목적성과 다르게 더 비판하고
더 무식한 신들린 조롱거리의 대상으로 만들어
자신들의 포장을 만들어 버린다.
날 한 번도 보지 않은 모르는 사람처럼... 대한다...
나와 함께 있기를 꺼려하고 부끄러워했다.

좋아하는 인연들과 고마워하는 인연들도 많이 있었고
도움을 받고 다시 회복하고 시작하고 용기를 얻고
삶이 안정적으로 변화해 가는 인연들도 많이 있었다.
세상을 불편한 시선으로 보면서
나는 내 안의 세상을 만들어
궁예스럽게 변하는 날 마주하게 되었다.

내가 가족들을 위해 희생한 양
너희들 때문에 내가 이 일을 하고 있다는 생각이 들어
가족들을 함부로 대하는 나를 마주했다.
몸이 부서질 듯 영혼이 갈가리 찢기듯
나를 태워 기운을 써야 할 때마다
왜 나야
왜 내가 해야 해 하면서
억울해하는 시간들이 있었다.
다 나만 보고 매달려 있는 것처럼 느껴졌다.
신을 받고 7개월 동안 그렇게 살았었다.

그때의 날 지켜봐 준 가족들에게 미안하고 부끄럽다.

그리고 그런 내 옆을 지켜준 가족들에게 감사하다.

그즈음 신의 제자로 첫 문턱을 넘게 해주신

신 선생님과도

자연스럽게 헤어지는 환경이 되었다.

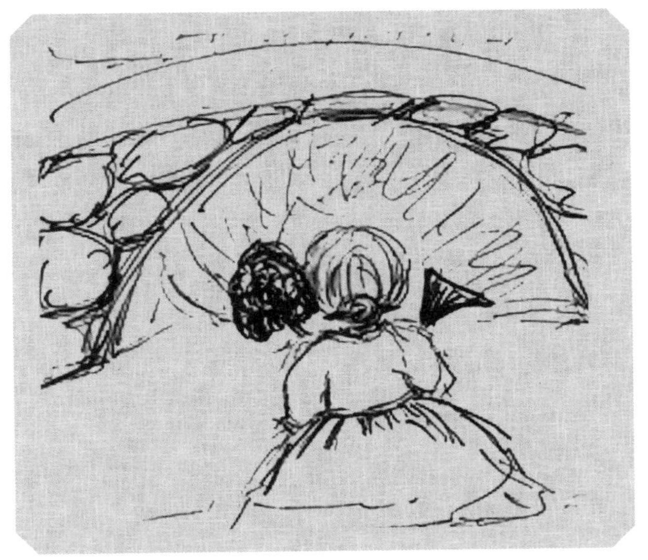

## 나의 본질

2022. 10. 6. 11:58

2018년 가을 즈음…

나만의 세상을 만들고
세상을 등지고 살던 나는
어느 날 나를 돌아보니
오만과 교만에 찬 궁예의 모습이었다.

사람들이 눈으로 보지 못하는
차원이 다른 영적인 세상과
여러 모양새를 한 신들을 접하면서

사람들의 과거 정보와
앞으로 일어날 일들의 정보를 읽어내고
사람들이 가지고 있는
각자의 속내를 읽어
맞춰주고 미리 알려주고
굿을 통한 그들이 원하는 성불과
공수(무당이 신이 내려 하는 말)로
내주는 신들의 원력과
주술과 진언의 힘으로
사람들이 원하는 것들을 이루어 주었다.

그때, 나는
세상 속에 섞이지 않는 내가
자존심이 상했다고 하면서도
세상 속 사람들의 머리 위에 있었던 것 같다.

그러면서도
정보를 주고 맞추고 어려움을 풀어주는
행위적인 도움... 그다음이
나에게는 갈증이 나기 시작했다.
알려주고 맞춰주고
빌어서 된다면 빌기만 하면 되겠지만,
어려운 사연과 도움을 받기 원하는 사람들에게는
그런 행위적 도움으로는
한계가 있어 보였다.
마치 다이어트 성공 후 사후관리를 하지 못해
요요 현상이 일어나 다시 제자리로 돌아가는 것처럼...

어려움을 풀어주는 행위로는
다시 어려움이 왔을 때 또 한 번 행위적 도움을
받으러 돌아왔다.

굿, 기도, 주술, 부적 등의 방법을 또 원했다.
반복적인 이런 방법이 과연 괜찮을까!
이렇게 계속해야 하는 걸까!

풀리면 좋아하고
풀리지 않으면 욕을 하며 외면하고
다시 풀어주길 원하면서 매달리고

매 순간 사람들 머리 위에서 놀던 내가
신들을 등에 업고 뭐라도 된 듯 굴었던 내가
무속인으로 살아야 하는
나의 삶이 흔들리기 시작했다.

나는 분명 사람들이 싫다 하면서
인연이 되어 오는
많은 사람의 사연들에 가슴 아파했고
그들에게 도움이 되길 원했다.
도움이 되지 못했을 때는
신 앞에 엎드려 수없이 기도했다.

하지만, 답이 없었다.

어떻게 살았는지
어떤 신들이 왔는지
앞으로 어떻게 될 건지는
알 수 있었지만

정작
왜 그렇게 살았는지

왜 신들이 왔는지
왜 그렇게 되는지의 답은 없었다.

이유를 알고 싶었다.
왜 그렇게 살아야 하는지
무슨 이유로
신들이 와서 도와주기도 하고
자손들을 힘들게 하는지

어떤 사람은 신이 와서 고통스럽게 살아가고
어떤 사람은 신이 와서 잘 풀려 살아가는지,
보이는 것의 결과가 아닌
원인과 풀이 과정과 결과의 원리와 법칙을 알고 싶었다.

그때그때 필요에 의한 단방약이 아닌
진짜 치료제가 나는 필요했다.

나의 경험으로
무속인의 굿과 기도는
단방약이었고
근본적 원인의 해결책은 아니었다.

빌어서 된다면
모든 사람이 다 이루어져야 되지 않는가!
그때그때 이루어 내는 것이 좋기는 하겠지만

과연 결론적으로 좋아지겠는가!
위로와 위안은 오겠지만
잠깐의 이루어짐의 성취는 오겠지만
근본적 안식과 자유를 얻을 수는 없었다.

나는 그러했다…

찾고 싶었다.

나에게 온 신들은
나의 갈증을 풀어주지 못했다.
신들에게 더 이상 고개가 숙여지지 않았다.
신들을 따를 수가 없었다.

그렇게 신을 받은 지 1년이 흘렀다.

## 2019년 100일 기도 1

2022. 10. 12.　　23:36

2018년 겨울.....
신 앞에 머리가 숙여지지 않던 나는
신 선생님과 자연스럽게 인연이 정리가 되었다.

무속인으로
신의 제자로
인연들의 선생으로
갈 수 있도록 첫 문을 열어주신
신 선생님께 감사드린다.

무릎 꿇은 제자로 나는 돌아가고 싶지 않았다.
빌고 매달리는 제자로 살고 싶지 않았다.
신 앞에 굴복하는 겁쟁이로 살고 싶지 않았다.

사람들에게 평가받으며 살고 싶지 않았다.

나는 어떻게 살아야 할까!

인연들에게 어떻게 하는 게 도움일까!

수많은 인연들의 사연을
나는 어떻게 소화해야 할까!

기도로는 소화가 되지 않았다.

잘 맞추고
잘 위로하고
잘 공감하고
잘 예견하고…

나는 어떻게 해야 할까…

고민을 하는 동안 신을 받은 지 1년이 되었다.

무속인 제자들은 신 받은 날
다시 태어난 날로
나에게 온 신들에게 감사의례를 올리는 굿을 하기도 한다.
그 굿을 진적굿, 진적맞이 굿이라고 한다.

이날, 나는 나에게 온 신들을 위해 진적굿을 올리지도 않았다.

신을 받은 첫해에는
100일 동안 108배 절을 하며 기도를 했다.
뭔지도 모르고 신 선생님께서 그렇게 해야 한다고 해서
정성을 다해 신 앞에 절을 하며 기도했다.

수많은 나의 번뇌로 눈물을 흘리며 절을 올렸다.
내 연민에 빠져 그렇게 눈물이 났던 것 같다.
내가 한다고 했으니 하긴 할 건데

이렇게 된 내가 불쌍하고 불쌍했던 것 같다.
그러면서도 나도, 내 앞의 인연들도
잘 살길 바라며, 내가 그 길을 잘 알려주는 자가 되길 바라면서
정성껏 108배 기도를 했었다.

신을 받은 두 번째 해에도
100일 기도는 했다.
진적굿은 하지 않았고 100일 동안 신당에 앉아서
3가지 원을 담아 기도를 시작했다.

조상신은 나의 갈증을 풀어줄 수 없었기에 난 섬기지 않았다.

나는 창조주 하나님이 나의 신으로 느껴졌다.
아버지께 물었다.
답은 없었다.

1. 아버지 당신께 순종하겠습니다.
2. 홍익인간으로 사람들을 위해 살겠습니다.
3. 저에게 목소리 한 번만 들려주세요.

이 원으로 신당에서 자시(밤 11~01시)가 되면
앉아서 기도했다. 힘들었다.
내 뜻대로 살지 않고 아버지 뜻대로 살겠다고
사람들을 위해 살 수 있는 답을 알려달라고
아버지가 음성으로 들려만 주신다면
인연들을 위해 살겠다고

끝도 없이 흐르는 눈물로 기도했다.

나의 가족도 나의 신 선생님도

어떠한 지식들도 사람들을 위해 살 수 있는 방법은 없었기에

나는 하늘에 나를 바쳐 순종을 맹세하며 기도할 수밖에 없었다.

세상에는 내가 찾는 답안지는 없었다.

세상의 답이 맞는다면

신들이 알려주는 답이 맞는다면

사람들이 이렇게 헤매며 아파할 수 있겠는가!

이 갈증을 풀 수 없다면 나는 어찌 사람들에게

도움이 되는 무속인으로 살아가겠는가!

욕도 먹기 싫고

평가도 받기 싫은 내가

사람들의 많은 사연들 속에서 해결사가 되어

도움이 되는 인간이 되고 싶어

아버지께 순종을 맹세하며

그렇게 살겠다고 한 번만 알려주신다면

그렇게 살겠다고 애원하며 밤을 새우며

울다 지쳐 잠들며 기도했다.

참 아프고 고통스러웠다.

나에게 원력보다 신통보다

더 필요한 건 사람들이 살아갈 수 있는 답이었다.

아버지 한 번만 알려주세요...

2022. 4. 28.

## 2019년 100일 기도 2

2022. 11. 6.　　23:31

100일 기도하는 나는
온전히 나의 갈증을
풀기 위해 기도했다.
미친 듯이 갈구하고 빌었던 기도가
하늘에 닿았는지
내가 원하던 곳으로
인도받는 것 같았다.

분명 캄캄한 법당
차갑고 싸늘한 바닥에 앉아
시간이 가는 줄도 모르게 기도하다
잠들던 날들의 연속이던
하루하루가
50일 즈음 넘어서일까
내 영혼의 갈증을
해소시켜 줄지도 모르는
자연의 법칙이 들리기 시작했다.

어느 날 유튜브로 알게 된
어떤 강의가 내 손에서 떠나지 않고
듣고 보고를 반복하며 밤새 들었다.

좋고 나쁨의 판단 기준도 없이 그냥 들었다.

강의 내용은
나와 같은 생각도
내가 할 수 있는 생활 속 행동도
내가 모르던 세상살이도
내가 몰라도 너무 모르던
이유 있는 원인들의 답까지도
심지어 내가 관심도 없고
알아야 할 필요성을
느끼지 못하는 부분까지도
다 들어 있었다.

듣고 듣고 또 듣고 듣다 보니
그 안에 내가 알고 싶었던
모든 세상살이의
이유 있는 원인과 결과가 들어있었다.

그리고 영적 세상의 이유 있음을
더 자세히 알 수 있었다.

보이는 것의 답과
보이지 않는 것들의 답.
근본과 기본.
이유와 원인.

과정과 결과.
3 대 7의 법칙.
자연의 법칙.
어렴풋이 알던 답과
명확하게 알고 있던 답들이
왜 알려주는지
왜 일어나는지
왜 그런 답이 나오는지
앞으로 그 답이 무얼 의미하는지
그다음은 어디로 흘러가는지
세세하게 알 수 있었다.

이보다 나를 잘 이해시켜 주는
누군가는 없었다.
모르면 알 때까지 알게 했다.
나에게는 그러했다.

강의는 어느새 법이 되어있었고
강의 속 수염 긴 할아버지는
나의 선생님이 되어있었다.

그렇게 100일 기도가
100일 공부가 되어있었다.

2019년

봄의 어느 날부터

기도하며 점을 쳐주던 무속인에서

자연의 법칙을 공부하면서부터

점만 쳐주는 것이 아닌

이치적 흐름으로

그다음을 알려줄 수 있는

무속인으로

변화하고 있었다.

## 회향이 어렵구나~

2023. 2. 13.   1:20

동안거 100일!
시작과 끝의 시간들 속에서~

무엇인가 이룬다는 것은 왜 하는 것일까!
마무리. 마침표. 마지막. 마감. 끝...
시작과 끝 후에 어김없이 찾아오는
이 공허함은 어디서 출발하는 것일까!
나는 지금 외롭다.
혼자 공허한 어느 공간에 홀로 존재하는 것 같다.
칠흑 같은 어둠이 나에게 와 나를 외롭게 한다.
~끝났다.
온 힘을 다해 했던 모든 것들이 다 끝났다.
힘이 빠진다.
가벼워지지 않는다.
모든 힘을 다했던 나는 다시 쏟아부을 힘도 없는데도
아직 나는 시작과 끝의 마무리가 되지 않았구나~
그 마무리되지 않음이 나를 무겁게 붙잡고 있어
힘겨워하는 욕심쟁이 나와 마주한다.
나! 무식하게 달려온 "나!"다.
그래서 더 무식한 욕심으로 붙잡고 있는 것 같다.
"내가 했다."라는 착각이다.

어리석은 나여!
함께 했고 함께 한다 하니,
아버지께서는 우리의 함께 하심을 보고 이룰 수 있도록 해주셨는데
어리석게도 내가 한듯하고 싶은 "나"라는 내가
나를 공허함 안으로 몰아넣고 외롭다고 한다.
이제 마무리를 해야겠다.
이대로 무겁게 있을 수는 없다,
나는 또 해야 할 일들이 있기에 가벼워져야겠다.
욕심 많은 나는 가벼워져야 또 채울 수 있음을 알아버렸다.
채워야 하는 갈증과 욕심이 나를 비우고 내리게 한다.
억지로는 되지 않을 것들을
나는 나의 스승님의 가르침으로 해나가고 있다.
이 또한 내가 한 게 아님을 안다.
그래도 "나"라는 내가 한듯하고 싶어 하기에
나는 가르침 안에서 나를 다스려 본다.
모든 행이 내 것이 아님을 알게 해주신다.

아버지!
저의 모든 행이 조금이라도 공이 있다면
남들이 보지 못하고 살피지 못하는
곳곳의 어느 곳에 다 가져가셔서
쓰일 수 있도록 이끌어 주십시오.
부끄럽습니다.
아직은 못난 제가 온전히 깨끗하다 할 수가 없습니다.
나를 비워 깨끗이 행하고 드리는 날까지 공부하겠습니다.

나를 내세우지 않고 나의 삶을 산다는 건 어렵지만
즐거운 인생의 시작이자 맑고 고요한 마무리를 이루어 낼 수 있을 것 같다.

바른 삶의 이유 있음을 알게 해주신
스승님께 감사드립니다.

## 신의 제자... 똑같은 사람

2023. 5. 5.　　　　2:34

긴 글이 될 것 같다.

살면서 한 번쯤
나의 삶이
어디로 흘러갈지에 대해
궁금해질 때가 있는 것 같다.

나 또한 그럴 때가 있었던 것 같다.

누구도 답해주지 않는
나의 삶의 흐름들을
운명론으로 받아들이기엔
나의 삶의 가치가
내가 만들어 갈 필요가 없다는 것처럼 느껴지는
운명과 사주! 그리고 팔자!
이렇게 말하는 세상의 입들이 나는 불편했다.
지금도 나는 불편하다.

과거의 불편함과
현재의 불편함의
이유는 다르지만 여전히 불편하다.

지금은
운명과 사주팔자가
모두 인정되고 받아들여진다.
그 과정이 쉽지는 않았다.

그리고
그 안에서
거부할 수 없는
운명과 태어난 사주를 가지고
나의 선택과 노력에 의한
팔자가 달라진다는 것을 알아가고 있다.

운명에 의한 나의 팔자타령으로
나의 가치를 잃고 싶지 않다.

어쩔 수 없다는 운명으로
나를 포장하여
귀신들의 노예 취급 당하는
그런 인간으로 나를 기록하기에는
나는 존귀한 사람이고
나는 나의 삶의 주인으로 살고 싶다.

그리고
신들의 말이 아닌
나의 말을 하는 사람으로 살고 싶다.

신들의 말을 하는 사람으로 살 것인지
나의 말을 하는 사람으로 살 것인지에 대해
5년의 시간 동안
인연들을 대하며 영혼이 된 인연들을 대하며
수행자의 삶을 기록했다.

그 수행의 삶을 선택했을 때 즈음
나는 스승을 만났다.

신의 말을 하는 줄도 모르고
신의 노예로 사는 줄도 모르고
살 수 있었던 내가
스승의 가르침 안에서
바른 세상 이치와
자연의 법칙을 받아들이며
공부하며 노력했다.
나의 자존심을 지키기 위한
처절한 몸부림이었다.

나의 힘을 기르고
오고 가는 인연들이
왜 인연이 되어 오는 줄을 알고
어떻게 바라보고
어떻게 대하고
어떻게 풀어주어야 하는지

철저하게 나를 지워가면서
공부했던 3년의 시간과
공부한 3년의
양의 가치와 질을
확인해 본 1년의 시간과
우물 안의 세상에서 우물 밖으로 나와
실력의 양을 테스트해 가며 보냈던
1년의 시간이 지났다.

그리고 지금
신의 제자 해울의 명패를 받아 들고
세상으로 한 발 더 나와본다.

나는 또 나를 내려
"나"라는 나를 만져가면서 수련 수행한다.

내가 경험하고 보았던
영적인 세상과
영적인 세상에 지배당해
세상을 등지고 사는 자들과
세상을 두려움으로 굴복하며 사는 자들과
세상을 등에 업고 사는 자들의
삶을 풀어주는 제자가 되어
삶을 꼭 그렇게 살지 않아도 됨을 기록하여
어떠한 환경에서도

당하지 않는 삶을 살 수 있음을
알리는 사람이 되기 위해 노력해 본다.

나 또한 그 삶을 살아보았기에
그 삶이 얼마나 비굴한지 경험한 자이기에
내가 한다면
나와 같은 고통의 삶을 살아가지 않을 수 있기에
나는 누군가의 삶에 정보가 되어
누군가 선택의 순간이 왔을 때
바른 선택을 할 수 있는 도움이 되길 원해본다.

할 수 있을 것 같다.
꼭 하고 싶다.

무속인 무당 역술인 점쟁이 점바치라는
단어에 나를 넣어
스스로 부끄러운 사람으로 만드는
내가 되고 싶지 않다.

운명으로
나에게 온 신들의 노예가 아닌
신들의 운용자가 되어
신들을 받드는 제자가 아닌
신들을 다스릴 수 있는 제자로 살고 싶다.

얼마만큼의 수련과 수행이
나를 그런 사람으로 만들어 낼지는 나도 모른다.

운명과 사주는
내가 선택할 수 없는 근본이지만
어떻게 어떤 방법으로 살아갈지는
내가 선택할 수 있기에
나는 세상이 보는 손가락질 받는
무속인으로 살지 않으려 한다.

무속인으로 살겠지만
같은 행위와 같은 방법과 같은 길은 가지 않고
내가 가고자 하는 길을 가보려고 한다.

내가 가고자 하는 길이
운명 안에서 내가 선택할 수 있는
나의 주체성이고 나의 자존심이기에
나는 신을 받고 활동하는 제자이지만
그렇고 그런 무속인으로
나의 삶을 기록하지 않으려 한다.

6년 차
신의 제자 해울로
사람들과 사람답게 살고 싶다.

신의 제자 해울로
영적 세상 속
영혼들의 원한을
잘 다스리고 풀어주어
가야 할 자리로 갈 수 있도록
길문 열어 줄 수 있는 사람으로 살고 싶다.

굿을 통해 신들 앞에 굴복하지 않고
바른 이치로 풀어갈 수 있는 법으로
신들의 운용자가 되고 싶다.

태어날 때부터 받아온 사주 안에서
내 운명대로 흘러는 가겠지만
나의 선택이
끝없는 노력을 만들어
내가 이루고 가야 할
운과 복을 만들어 낼 수 있을 것이다.

나는 나에게 주어진
신들의 동참과 신들의 원력이
우리가 사는 차원과
신들이 사는 차원에서
바른 역할이 되어 쓰일 수 있도록
노력할 것이다.

나에겐 굴복은 없다.
나는 사람으로 내 할 일을 하련다.
나는 대한민국에 태어난
남들과 조금 다른 삶을 사는
똑같은 사람이다.

내가 이 땅에 왜 태어났는지
이 땅에 와서 무엇을 하고 살아야 하는지
무엇을 하기 위해 어떻게 살아야 하는지
끊임없이 알려주시고 알게 해주시는
나의 스승님께 깊이 감사드립니다.
나의 삶이 바른 삶이 되도록 이끌어 주신 스승님!
존경합니다. 사랑합니다.

## 과거의 나를 마주해 보니...

2023. 8. 31.　　1:33

과거의 나를 만나는 시간이 주어졌습니다.

불과 5년 전쯤이지요.
그때의 나는 강한 나였습니다.
너무 강해서 세상을 앞에 두고
세상을 뒤로 등을 지고 살았습니다.

나를 죽여 버리고 안 죽은척하며
강한 나로 살았습니다.

자살이라는 선택은
자존심 때문에 할 수가 없었습니다.

두 아이의 엄마로
그런 기억을 안고 살아가게 한다는 게
엄마로서 자존심이 허락되지 않았고
자살을 했을 때 세상 사람들에게
가십거리로 조롱당하는 게 싫었습니다.
나의 삶을 포기한 채 죽어 살았습니다.

삶이 참 풍성한 척 태연하게

연기하듯 아무도 모르게 저는 죽어있었습니다.
그렇게 살아야 할 이유는 두 가지였습니다.

나의 바람은
나를 아는 모든 사람들의 기억 속에서 잊히길…
그렇게 삶을 내려놓고
죽어가길 원했던
나를 오늘 마주하게 되었습니다.

그때의 나에게 그렇게라도 살아있어서
고맙다고 말해봅니다.

오늘은 내가 나를 위해
참 잘했다고 눈물 흘려줍니다.

가슴이 미어지게 아프게 조여옵니다.
오늘의 나를 보니
그때 죽어버린 내가…
아직 존재하고 있음을 확인합니다.

그때의 나를 살려줄
시간이 되었나 봅니다.

지금의 나는 살아있고
과거의 죽은 채 살던 나를

살릴 수 있을 만큼은 된 것 같습니다.

지금부터
내가 나에게 알려줍니다.

그때도 나는 죽지 못해 산 건 아니라고 알려줍니다.

죽음을 선택하려고 하는 많은 사람들을 위해
그 마음을 만져주길 바랐던 훈련이었을 거라고 알려줍니다.

죽음을 선택하기 전에 내 앞에 오는 인연들을 위해
안아줄 수 있는 사람으로 성장하는 과정이라고 알려줍니다.

죽음의 선택을 하지 않았던 경험과 과정 속에서
이렇게 살아있음을 인연들에게 나눠주라는 하늘의 뜻임을 알려줍니다.

그리고 현재의 나는 그때의 선택으로
늘 기다리는 하루하루를 살고 있다고 말하길 하늘은 원한다고 알려줍니다.

그렇게 살아간다면 많은 사람들이 함께 행복할 수 있을 거라고 알려줍니다.

수없이 죽었던 내가 인연들에게
"죽지 마세요."하고 말했던 내가 참 잘했고 고맙다 말합니다.

과거의 나는 참 아팠는데 지금은 그때의 내가 아프지 않습니다.
잘했다. 참 잘했다. 잘했어.

강한 나는 그대로 있지만
내 앞의 인연들에게 살아있는 나로 대할 수 있음을 확인합니다.

살아야 하는 이유를 끊임없이
가르침 주시는
스승님!
깊이 감사드립니다.

2부

# 멘토의 시 1

2022년

## 나의 재미와 즐거움이...

2022. 8. 25. 0:57

나의 재미와 즐거움이
상대의 재미와 즐거움이 될 때...
함께 즐거운 시간을 쌓아갈 때...
기쁨을 만나는 것 같다.

우리는 이런 경험을 하고 있을까!!!???

누군가의 재미로 시작된 만남의 시간이
나는 좋았다...
그리고...
충분히 즐거움이란 여행지에 도착했다.

오늘의 기억이
많은 시간이 흘러도
즐거움과 가슴 뛰는 좋음으로
남아있을 것 같다.

상대는
나의 좋음과 재미와 즐거워함을
보면서 행복해했다.

내가 좋아서 하는 행들이
상대를 이롭게 할 때
티 없이 맑게

상대를 위한 삶이 되는 것 같다.^^

## 엄마!

2022. 9. 1.　　　19:22

작은 시간들 속에서
각각의 사연들을 안고
"엄마! 있잖아요?" 하며
촘촘히 말을 해오고 답을 원한다.

○○○님
풀지 못한 어려움과 답답함에 힘들어질 때
제가 생각나 주셔서
정말 감사합니다.~~~

내가 변했구나.
나의 일상이 나를 위해 존재했을 때보다
더 값진 삶을 경험하면서 공부해 간다.

새싹이 되어
초록초록 옷을 입으려 하는
노력을 보면서
흥미롭고 재미져진다.
그들도 재미져하니~^^
^^ 어머나 어머나 하며
함께 즐거워진다.

이 삶의 재미와 즐거움을 알게 해주신

나의 스승님께 감사드린다.

## 오고 가는 인연들과의 길목...

2022. 9. 15. 1:17

만남은 늘 이루어진다.

피할 수도 없고
억지로 유지할 수도 없다.

오고 가는 인연들과의 거리에서
바른 거리 유지란 무엇일까!
오고 가는 이유는 무엇일까!

오고 가는 길에서 우리는
무엇을 어떻게 해야 하는 것일까!

늘 좋은 길도
늘 힘든 길도 아닐 텐데...

서로를 위한 길목에서
서로를 마주할 때
서로를 위해 무엇을 해야 하는가
생각해 본다.

## 가면과 소망의 기도

2022. 9. 24.　　　0:22

**거침없음과 주춤하는 우리는**

자연스럽지 못함도 감지하지 못한 채

살아가는 우리의 모습을 본다.

그리고 나 또한 경험한다.

다 아는 것처럼 알 것 같다 하며

자신을 돌아보지 못한 채~~~

“

가면의 양!

”

**무엇을 위해 또 무엇을 위한~~~?**

가면을 벗지 못하고

서로를 경계하면서 미워할 수도 없이 사는 걸까요!

상대를 위한다는 것 또한 무엇인지 알려고도 하지 않고

희생한 양 희생을 강요 아닌 강요하며

서로에게 협상을 걸어 오면서

살아간다.

자연스럽다는 게 무엇일까?

모든 게 다 답이다.

그들의 착각이 현실이 되지 않는데

누굴 위한 희망인가!

아버지 우리는 이 여정에서 무엇을 깨닫길 원하시나요?

누군가를 위한 소망의 기도입니다.

그가 힘이 생겨 현재를 담담히 받아들이고
삶을 바르게 살길 원합니다.
그에게 지혜의 길문이 열리도록 기회 주시고
이끌어 주십시오.

## 갈증. 해소. 채움.

2022. 9. 24. 16:03

하루를 살면서
일어나는 일들 속에서
감정의 여러 선들을 경험한다.
선들은 팽팽해지기도 느슨해지기도
출렁거리기도 하면서
"나"라는 존재에 대해 무엇인지도 모르는 갈증을 느낀다.
갈증 상태인데 갈증인지도 모르고
채우려 하지 않고
갈증을 탓으로 쏟아내 버린다.
시간의 탓
환경의 탓
상대의 탓으로
그리고
갈증을 채워야 하는 나는 보지 못한 채
탓으로 만들어 버린
갈증을
그럴 수밖에 없었던
나의 이유로
나는 보호해 버린다.
모든 조건과 상대의 탓으로
나는 이유 있는 보호로

하루를 정리해 버린다.

하루의 정리가 쌓여
내가 된다.
나는 잘 가고 있는가?
질문해 보라!

내가 주인공인 나의 삶에
내가 주인인가를 생각해 보자!

채움이 필요할 때
채우는 시도도 해보지 않고
노력이란 단어를 쓸 수 있을까?
채워야 한다.
이유 있는 채움으로
갈증을 해소할 수 있는
우리가 되길 소망한다.

## 깨우침과 깨달음...

2022. 9. 29.　　　0:47

늘 상대의 에너지를 느껴야 할 때
늘 상대의 에너지가 느껴질 때...
마음이 마냥 좋지는 않다.

상대의 모든 정보를 다 보아야 하는 것도
내가 해야 하는 의무와 역할이기도 하고
어떤 경우에는 아니기도 하지만
가끔은 지치고 마음이 아프다.
그리고 화가 난다.

힘들어하는 상대들의 모습이 안쓰럽고,
답답해하는 상대들의 모습이 답답하고,
거침없이 쏟아내는 상대를 볼 때 불편하고,
속마음을 속이며 가식을 보일 때 화가 난다.

그들의 방식대로 욕심대로 되지 않을 때
상대의 이유로 탓을 하면서
그리고 죽은 영혼들의 탓으로 이유를
찾으려고 하면서
그들은 자신들의 이유를, 잘못을
찾으려 하지 않는다.
그렇게 그들은 자신을 착하게, 불쌍하게
포장해 버린다.

내가 있는 자리는
세상의 그늘진 곳의 환경과
사람들 속 안의 탐욕과 그늘진 이면을 접할 때가 많다.

착함 안의 불편한 탐욕과 욕심과 자신의 이득을 위함과
누군가를 위해 살고 있고 희생하는 것으로
자신만의 방식으로
포장의 포장을 입혀
자신을 위한 방법으로 몰이를 한다.
그리고 만들어 버린다.
그 방식과 방법이 정답인 것으로

만들어 버린다.
자신들의 잘못은 없는 것처럼
나 아닌 누구의 말도 들어보려 하지 않는다.
표면적으로는
듣는 것처럼
이해한 것처럼
아는 것처럼 할 것처럼
가식의 옷을 입는다.

우리는 내가 아는 방식으로 궁금해만 할 뿐
알려고 조차하지 않는다.

내가 바라보는 세상은
내가 중심이 아닌 그들의 세상을 본다.

그들은 뭐가 그리도 힘들다고 하는 건지,
힘들겠지, 모르니까, 내 마음대로 안되니깐
우리는 무슨 교육을 받은 것일까!
제도권 교육에서는 하면 된다고 한다.
무조건 되지 않는데, 우리는 된다고 배웠다.
배운 대로 해도 안돼서 힘들어한다.
다만 시련이라고 할 때,
우리는 어떻게 해야 하는 것일까!

깨우침을 얻어야 할 때가 있다.

그런 환경이 왔을 때 감지하지 못한 채 살아가 버린다.

깨우쳐 주는 이가 왔을 때
"우리는 깨달음을 알 수 있지 않을까!"
생각한다.

내가 어떻게 살아야 하는지 알 때
"상대들의 방식도 방법도 인정하고 받아들이고 존중할 수 있고
내가 얼마나 모르고 살았는지 알 수 있지 않을까!"
생각한다.

내가 무슨 짓을 한 거지?
내 방법이 맞는다고 하며 나 아닌 상대들을
어떻게 대한 건가 하는 생각을 일으킬 때
"내가 정말 못났구나." "내가 정말 잘못 살았구나." 하며
"고개 숙여 부끄러워질 때 깨달을 수 있지 않을까!"
생각한다.

아버지!
우리의 영혼은 힘이 없고
어리석음으로 지혜롭지 못합니다.
저희를 깨우쳐 주시고 깨닫게 하시어
지혜롭게 이끌어 주십시오.

상대를 티 없이 아끼고 사랑할 때

내 삶이 행복할 수 있음을 알게
이끌어 주십시오.

알 수 있게 이끌어 주시는
나의 스승님께 감사드립니다.

## 함께 간다는 건...

2022. 9. 30.　　19:01

함께 간다는 건...

시간은 간다.
그 안에
함께 간다~
혼자 간다~

과거의 나는
혼자 간다.
현재의 나는
함께 간다.

과거의 나는 편했고
현재의 나는 행복하다.

편함보다 행복한 내가
사랑스럽다.^^

함께 간다는 건 쉽지는 않지만
그 안에서 만들어 가는
우리의 이야기 속에서 성장해 간다.

그 과정이
소중한 즐거움과 기쁨과 행복을
만들어 내는 것 같다.

함께 할 수 있는
인연들에게 감사하다.^^

## 잘못했습니다.

2022. 10. 8. 14:21

잘못했습니다...

블로그 글을 쓰고 정리해서 올리고 다시 읽다가

가슴 속 큰 고름의 뭉치가 터져 나온다.

통곡의 눈물이 난다.

나를 위한 눈물은 다 흘렸다 생각했는데...

나의 눈물이 났다.

이것이 참회의 눈물일까!

잘못했습니다.

잘못했습니다.

잘못했습니다.

내가 필요하다 해서 살펴주셨는데

키워주시고 이끌어 주셨는데

나는 또 징징대면서

점 보러 오는 인연들을 무시하고

하기 싫다고 했구나

많은 이유를 대면서

그들의 어려움을 등한시 했구나

지도와 자문 역할만 할 거라고 하면서

공부에만 빠져 놀고 있었다...

점 치러오는 인연들이
왜 오는지 이유를 잊은 채
왜 내가 점을 쳐야 하는지
점을 쳐서 무엇을 해야 하는지
인연들에게 도움을 드려야 하는
나의 위치와 역할을 하지 않으려 했다.
하고 있다고 생각했다.
현재의 인연들에게 충분히 하고 있다고 생각했는데
아니었다.
본분을 잊은 채 하지 않고 있었다.

나를 필요로 하는 사람들이 누군 줄도 잊은 채
또 오만과 교만으로 놀고 있었다.

끝도 없이 눈물이 났다.
인연들의 눈물과 고통이 고스란히 느껴지는 곳을
내가 또 가지 않고 도우려 하지 않은 채
지금의 나에게 멈춰있으려 했던
내가 부끄럽고 부끄러웠다.

정체되어 있는지도 모르고 놀고만 있었다.
잘못했습니다.

아버지께서는
나에게 다 주셨는데~

사람들을 위해 살겠다는
나의 다짐으로
내가 할 수 있는 최대치의 기운과
가르침을 주시는 스승도
공부할 수 있는 인연들도
펼칠 수 있는 환경도 다 주셨다.

그런데 내가 온갖 이유를 대면서
사람들을 분별하여
내가 만나고 싶은 인연만 상대했다.
잘못했습니다.

나는 다시 사회 현장으로 돌아가
사람들을 위해 도움이 되는
무속인 민관영으로 살겠습니다.

내가 잘못했구나
불과 몇 년 전의 나를 끄집어내다가
현재의 나의 불평함이 드러났다.
잘못했습니다.

늘 나를 돌아보고
깨우칠 수 있도록 법으로
이끌어 주시는
나의 스승님께 감사드립니다.

# 자 신

2022. 10. 10.　　11:15

인연들 그리고 신들
다 만났다고 생각했는데…
착각 속에 취해
그만큼의 인연들로
세상을 다 아는 듯 구는
우리는 어리석고 약한 자들입니다.

나에게 다가오는 수많은
인연들도 그리고 신들도
우리를 구원해 주지도,

이끌어 주지도 않습니다.

그리고
우리를 힘들게 괴롭히지도 않습니다.

우리가 생각을 일으켜 그럴 것이다.
~라고 생각하다 보니

사실이 그러한 듯 인연들과 신들의 탓으로 만들어 버립니다.

인연들도 그리고 신들도
함께 하고 싶은 이유도 다양하게 오지만
그렇게 쉽게 우리를
움직일 수 있을 만큼
우리는 약하지 않습니다.

우리가 우리 힘을 가지고
우리 자신이 주체가 되는
삶을 살길 소망합니다.
나 자신의 삶이
빛이 되어
인연들과 신들을 위한
빛이 되길 간절히 소망합니다.

## 열심히 사는 우리를 위해

2022. 10. 15.　　1:40

긴 일정을 마친다.

상대와 상대 사이
그 공간 속에 우리는 한마음으로
마음이 동한다는 것이
얼마나 어려운 일인가!
과연 다 같은 마음일까?
어렵다.
한마음 한뜻으로 움직일 수 있다는 게 가능할까?

난 늘 부정한다.
난 늘 긍정한다.
그런 나는 완벽한가?

같은 마음이 있을까?

상대를 위해 우리는 무엇을 해야 하는가?
누구를 위해 우리는 살 수 있을까?
돌아서면 그만인 우리의 마음으로
누굴 위해 살 수 있을까?

나는 일을 한다.
나는 오늘의 내 할 일을 한다.
사람들의 사연을 듣고
사람들의 질문에 답을 하고
고민과 고민들로 가득 차있는 세상을 볼 때
누가 우리를 늘 걱정과 고민으로 살게 했을까?
하는 생각들로
힘이 빠지기도 화가 나기도 한다.

이렇게 살 수는 없다.
이렇게 살면 안 된다.
궁금해만 하지 말고
요행만 바라지 말고
어떻게 살아야 하는지
답을 구하려는 노력을 하길 간절히 소망한다.

생각보다 우리는 그냥 산다.
마냥 잘 되겠지 하는 안주하는
자세를 취하면서
열심히 치열하게 그냥 산다.

재밌게 살았으면 한다.
즐겁게 살길 바란다.
행복을 누리며 살길~~~
우리의 축복을 만나길 소망한다.

## 물어오다
## 답답함으로 하늘의 별이 되었다.

2022. 10. 16. 23:38

남의 것이 보이는 사람.
아이는 나에게 물어온다.
세상을 보고 온 아이는 답답함으로 나에게 물어온다.
우리는 무엇을 말할 수 있을까!
우리는 아이들에게 세상의 보이는 것들에 대하여
어떤 답을 해줘야 할까!

물어올 때 답이 없다면 어떻게 될까!
아이가 원하는 답을 해줄 수 있을까!
아이의 답답한 마음을 이해할 수 있을까!
세상을 보고, 듣고, 경험하고 돌아온다.
우리는 어떤 답을 줄 수 있을까!
물어온다.

답을 줄 수가 없다.
말은 한다. 아이가 원하는 답은 없이 말을 한다.
아이는 답답하다.
물어온다. 말을 한다. 답은 없다.
계속적으로
반복적으로

쌓아 올린다.

부모가 원하는 삶과 아이가 원하는 삶.
세상에 있다가 다시 부모에게 물어오지 않을 때
그때는 우리는 어떻게 하고 있는지!
다시 물어오지 않고, 하늘의 별로 돌아가 버렸다.
하늘의 별이 되어, 온다.

부모는
아이가 하늘의 별이 되어서야
나에게 온다. 왜!
아무런 물어옴도 없이, 왜!
하늘의 별이 되었는지!
나에게 물어온다.

차갑고, 싸늘한 하늘의 별이 된 아이는
말이 없다.
세상의 빛나는 별로 살 수가 없어
하늘의 별로 돌아갔다고,
답답한 물음의 답을 구하지 못해
하늘의 별이 되었다고,
아무 말도 들을 수 없고, 볼 수도 없는
하늘의 별이 되었을 때
부모는 한없이 눈물만 쏟아낸다.
그 모습을 보는 우리는 조용히 하고 있어야 할까!

모르는 척하고 있어야 할까!

하늘의 별이 된 아이를 달래주어야 할까!
하늘의 별이 된 아이의 부모를 달래주어야 할까!

그렇게 우리는 조용히 묻어버린다.
조용히...
조용히...

아버지!
우리를 일깨우시어
세상의 빛이 되는 아이들로 성장시킬 수 있는
부모가 되게 이끌어 주시고,
부모의 지혜로 아이들의 행복의 삶이 되게 하소서.

아버지!
좋은 부모, 바른 부모가 되기에는 우리는 부족합니다.
왜! 무엇을 위해!
부모, 자식의 인연으로 왔는지
알고 살아가길 소망합니다.

답을 구하는 우리를 위해
가르침으로 이끌어 주시는
나의 스승님께 감사드립니다.

## 관계... 정리...

2022. 10. 19. 0:58

다시 일어설 수 있다면
그들이 나의 상대가 되어 내 앞에 다가올 때
나는 그들을 나의 상대로 대할 수 있을까!

나의 상대들
나를 외면했다 해서 관계가 정리된 것도 아니고
나를 끌어안고 있다 해서 관계가 유지된 것 또한 아니다.

내가 알고 싶은 대로
내가 하고 싶은 대로
착각을 일으킨다면
시간이 지나 마주하게 될 환경을
나는 받아들일 수 있겠는가?
그 환경에
서운해하지도 억울해하지도
않아야 한다.

착각하지 말고 정신 차려 분별할 수 있는
힘을 길러내길 소망한다.

당하고만 사는 삶을 누가 만들었다고 생각하는가!

억울해하지 말자!

내가 나약하고 착해빠져 있을 때
그들은 상대가 되어 나에게 온다.
나는 상대를 어떻게 대할 것인가!

내가 다시 일어설 수 있다면
나는 나를 위해 살아야 한다.
그럴 때 상대를 위한 내가 된다.

나의 상대는 부모이기도 자식이기도
주변의 모든 인연이기도 하다.

아버지!
저희는 나를 위함도 상대를 위함도
잘 모르고 살아갑니다.
위한다는 게 무엇인지 알 수 있게 이끌어 주십시오.

누군가를 위해 살 수 있는 가르침 주시는
나의 스승님께 감사드립니다.

## 관계... 무엇을... 알아야... 할까...

2022. 10. 21. 15:02

관계 속에서 우리는 무엇을 알아야 하는 것일까!

마냥 좋지도 마냥 싫지도 않은
우리들의 관계 속~
이익에 의한 관계 안에서
계산으로 이어지는 관계로 향하는
우리의 모습들에서
서로를 향한 바램이 커질 때
우리가 스스로 만들어내는
에너지는 무엇일까?

불편함을 안고 억울함을 안고
슬픔과 고통을 안고
서로를 의심하면서 서로의 탓을 하면서
나에게 온다.

나는 그들의 오물통이 되기도 하고
나는 그들의 화장실이 되기도 하고
나는 그들의 샤워실이기도 하고
나는 그들의 휴식처이기도 하고
나는 그들의 침실이기도 하고

나는 그들의 집이기도 하다.

나는 안식만을 해줄 수 있는 자인가!

회복과 치유란 시간만 흐르면 가능할까?
공감과 맞장구와 위로와 포용이란!
그들의 편들어주는 행위만으로
그들은 안식을 누릴 수 있을까!

우리의 욕심이 화가 되어
내 앞에 올 때 걱정 안으로 들어간다.

걱정이라는 결과 안으로 가고 싶지 않아
답을 찾아 물어보려고 온다.
걱정할 일들이 벌어지는 것인지 아닌지를
물어보려고 온다.

이미 상황은 만들어졌고 결과는 다가오고 있다.
여기서 우리는 어떻게 해야 할까?

왜 이렇게 되었는지 원인과 이유를
알고 풀어가야 한다.
과정은 내가 썼고
풀이도 내가 경험하면서 펼쳤고
결과 또한 내가 받아야 함을

알아야 한다.

그냥은 없다.
누군가에 의한 잘못됨은 없다.
나에 의한 잘못됨을 알아야 한다.

아버지!
지혜로 살아갈 수 있는 우리가 되도록 이끌어 주십시오.

알지 못함을 두려워하지도 않고
알지 못해 헤매지도 않게
가르침 주시는
나의 스승님께 감사드립니다.

욕구도
탐욕도
가려서 하지말고.
있는 그대로 이걸 ___.

점(占)을 보는 나.
점(占)을 치는 나.
그리고 점(占) 보러 오는 그대들.

2022. 10. 27.　　1:22

"
占
"

점사를 본다.
점을 친다.
나는...
그들의 과거의 정보와 현재의 정보와
미래의 정보를 본다.
그들은 과거의 정보를 말해주면
알아맞힌다로
놀라워하기도 하고
너무 많은 과거 정보를 말해주면
무서워하기도 한다.
과거의 정보가 부끄러워 외면하며
화를 내기도 한다.
어떤 경우의 그들은
과거의 정보를 모른 채 살다가
들여다봐 주는

나에게 감사함을 표현하기도 한다.

풀이를 한다.

풀어준다.

나는...

과거의 정보가

오늘의 현재를

살고 있음을 풀이를 한다.

현재의 정보로

앞으로

살아갈 미래를 풀이를 한다.

미래를 풀이해 주다 보면

마주하고 싶지 않은

여러 상황을 알았을 때

여러 반응과 형태로

그들은 힘들어한다.

마주하게 될 미래의 정보는

현재의 삶 속에서

충분히 교정이 가능하다.

그들은 쉽게 푸는 방법과

그냥 살고 싶은 방법을

알고 싶어 하기도 한다.

그들은

조금 더 나은 삶을

살고 싶어 하기도 하고

잘못 가고 있는 삶을
바로 잡기를 원하기도 한다.

그럴 때,
풀어준다.
바른 세상의 이치를 풀어준다.
점사로는 정보들만 줄 수 있다.
그다음 작업은
이유가 있었던
그들의 과거의 기록으로
현재의 삶을 살고 있고
현재의 삶을 바르게 풀어갈 때
미래의 정보들이
내가 원하지 않은 삶으로
가지 않게 한다.

그리고,
과거의 정보를 인정하고
현재를 받아들일 때
미래의 결과에
어떠한 탓도 없이
걱정도 불안도 없이
감사하게 살 수 있지 않을까!

나는

나를 위해 일을 한다.
나는
그들을 위해 점을 친다.

나의 점사가
어떠한 경우에도
원망과 탓으로
가족과 주변 사람들을
미워하지 않길 바래본다.
그리고,
누군가에게
희망과 자기반성이 되길 바래본다.

모두가 자유롭게 살아가길 소망해 본다.

## 얇은... 마음...

2022. 11. 7.　　16:05

약해빠진 우리는

유리처럼 얇은 막으로
살아가야 하는 우리는

너무 약하고 약해서
깨지고 싶지 않아서

얇은 막이 약하다는 걸
들키고 싶지 않아서

더 강하게 두꺼운 포장을 치고
더 강하게 목소리 내며

그것조차 안 하면
깨질 것 같아 살기 위한
각자의 노력을 하며
살아가는 우리를 본다.

무엇을 답으로 보아야 할까?
무엇이 옳다고 말할 수 있을까?

내가 "나"임을 보고 듣고 알았을 때
나의 점검으로 돌아보았을 때
얇아서 약한 나를 보호할
힘이 생겨나지 않을까 생각한다.

아버지!
우리는 너무 모릅니다.
"나"를 볼 수 있는
용기와 지혜의 가르침이 필요합니다.

우리가 그들을 보며
불안해하지 않도록
노력하는 우리가 되길
소망합니다.

## 돌아가는 우리들...

2022. 11. 9. 0:10

만남...
준비되지 않은 우리는
아무것도 모르는 상태로
인연이 되어 만남을 이어 나간다.

왜 인연이 되는지
왜 만남이 이어지는지
그다음 우리는 무엇을 해야 하는지
모르는 채
"좋다." "싫다."를 반복하며 인연을 이어간다.
그러다 더 좋아질 때 결혼을 선택하고
그러다 점점 싫어질 때 이혼을 선택한다.

그다음 각자의 상처 안에서
서로를 탓하고 원망하며 살아간다.

우리는 여기서 무얼 알아야 할까?

왜 결혼을 하는지
무엇이 이혼으로 가는지
알고 살아간다면

서로를 존중하며 결혼도 이혼도
할 수 있지 않을까!

좋을 때는 천생연분임을 과시하고
싫어질 때는 나를 찾는다.
궁금증을 해소하기 위해 철새가 되어 날아온다.

그들의 둥지가 될 수는 없을까?
안식이 될 수 있는 내가 되길 소망한다.
그들이 만남도 헤어짐도
누구도 탓하지 않고 원망하지 않고
바르게 "행"하길 소망한다.

## 그들에서 우리로...

2022. 11. 11. 18:54

인연들은
그들이 되어 온다.

그들에서 우리가 되길 바래질 때가 있다.
나의 감정이 요동을 쳐 우리가 되길 원한다.
내가 원래 이런 인간이었던가!

그들의 삶에 관여하고픈
생각은 어디서 출발한 것일까?

지나간 정보와 현재의 정보들이
결과가 되어
앞으로 펼쳐질 미래를 점을 친다.

그들을 위해 나는 무엇을 해줄 수 있을까?
희망이 되길 바래보지만
그들은 삶의 방향을 변화와 노력 없이 바램만으로 살아가려 한다면
절망이 되어가는 삶을 만나게 된다.
절망의 삶을 설명하고 희망의 삶을 설명하고
받아들인 상태가 되었을 때 이해할 수 있는
우리가 되어간다.

나는 그들이 우리가 되길
간절히 소망해 본다.

## 쉿 ? ^^

2022. 11. 12.        9:04

고요함 속 속삭임
우리는 고요하길 원하고
그들은 속삭이길 원할 때

그들은 선택의 문제가 아닌
우리의 마음을 볼 수는 없을까?

그들은
속삭임이 즐거워 재잘거림에
우리의
고요함은 보이질 않는 것일까?
끝없이 속삭인다.
우리는 고요하다.
우리 중
누구도 불편한 마음을 비추지 않는다.
우리는
속삭임에 집중이 되지 않는 듯 고요하다.

우리는
무엇을 만들어내고 있을까?
속삭이는 그들이여
우리는
조용히 고요하길 원해요~~~^^

## 까칠한 나!

2022. 11. 15. 1:19

모난 내가 올라와 마음이 불편하다.
까칠한 내가 올라온다.
오만 가득한 눈으로 상대를 관찰하는 나!
그런 내가 나와 함께 한다.

두리뭉실한 눈이 없다.
그냥 넘어가는 눈도 없다.
마음의 눈까지 작동을 해서 더 까칠한 내가 올라온다.

머리 숙일 줄 모르는 교만이 올라온다.

노력해 본다.
마음을 다하여 행으로 옮겨본다.
노력의 마음이 행동으로 옮겨질 때
나의 까칠함에서 나는 자유로워질 수 있을까?
그래도 머리 숙여 먼저 행해 본다.

내가 이 정도로 까칠한 인간이구나.
알게 해주셔서 감사합니다.

## 바래본다~.

2022. 11. 18.　　1:24

늘 같은 일을 한다.
늘 새로운 그들을 만난다.
나는 새로운 그들의 하루살이처럼~
늘 같은 일 속에서
새로운 그들을 만나며 살아간다.

하루살이가 그들의
하루가 아닌 이틀이 되길 바래본다.

항상 처음처럼 그들을 본다.
그들도 처음인 듯 나를 본다.

그들과 나는 우리가 되어가길 원하기도 하고,
하루살이로 다시는 보지 않기를 원하기도 한다.

그들이 오길 바라는 나의 마음과
내가 이끌어 주길 바라는 그들의 마음 사이
서로 책임지려 하지 않는 우리의 마음이 보인다.

책임지려 하지 않는
마음의 출발은 어디일까?

내 탓과 남 탓 사이의
경계를 그어
선을 넘지 않을 만큼
한치의 양보도 없고
손해 보기 싫은 생각과
요동치는 마음을 일으키는
나와 그들을 확인한다.

"나"가 우리가 되어
서로를 위해 살 수는 없는 것인가?
그래도
나는 끊임없이
바램을 일으켜본다.

세상의 모든 그들이 지혜롭게 살아가길 소망한다.

## 오늘의 나, 선물♡

2022. 11. 20.     3:08

상대를 위한 내가 된다는 건
생각하지 않았던 내 삶이었는데...

내가 누군가를 위해
생각하고 계획을 세우고
원과 목표를 만들어 가는
삶을 살아가고 있다.

이 삶이 이렇게 날 귀한 존재로
살게 해줄 줄은 생각도 못 했는데...

내가 누군가를 위해 노력하는 삶이
나를 행복으로 가까이 가게 만든다.

오늘은 나의 삶이 선물 받은 하루였다.

함께하는 우리가 늘 감사하고
함께할 수 있는 가르침에 감사하고
이끌어 주시는 스승님께 감사드립니다.

## 가르침 안에서...

2022. 11. 21.　　1:48

가르침이 있는 나는
가르침으로 성장하는 나는
가르침의 성장으로
나에게 오는 누군가를 가르침으로
나와 누군가는 우리가 되어 함께! 성장해간다.
가르침으로 상대를 이롭게 함을 알게 해주신
나의 스승님께 감사드립니다.

신 앞에 엎드려 굴복의 기복하지 않고
우리의 삶의 운용자가
"나"임을 알고 지혜롭게 살 수 있는
우리가 되길 소망한다.

## 생각의 게으름

2022. 11. 23.    1:07

생각의 게으름을 마주하는 순간
우리는 서로를 향해 이해할 수 없는
시선을 보낸다.

상대의 마음을 볼 수 있는 힘이 있다면
상대의 행동에 반응을 보일 만큼
힘들어하지 않을 텐데

우리는 생각이 게을러
나만 생각하고 이해하며
상대를 생각하고 이해하려 하지 않는다.

참 어렵다.

알지 못하면 어렵지도 않아야 하지만 어려워진다.
알지 못하면 게을러진 생각이 무엇인지도 모르지만
상대를 위한 따뜻한 시선을 보낼 수가 없어 관계가 틀어진다.

우리는 왜 그러고 사는지~

우리가 서로를 이해할 수 있도록 부지런히 생각을 일으켜

서로를 위해 무엇을 해야 하는지
알기를 소망해 본다.
서로를 위해
티 없이 맑은 마음이 만나길~^^

# 말!

2022. 11. 24.　　1:45

말이 많은 그대여 말을 왜 하는가?
말이 없는 그대여 말을 왜 하지 않는가?

말로 주장을 하고
말로 간섭을 하고
말로 변명을 하고
말로 이간질을 하고
말로 상처를 주고
말로 거짓을 만들고
말로 많은 것들을 만들어 생산을 한다.
어디까지 말을 해야 하고
어느 선까지 말을 들어야 하는가…
그리고
얼만큼 믿어야 하는가.
입으로 하는 말과
생각의 말이 다를 때
서로의 불편함을 경험한다.
누군가는 좋고 또 누군가는 싫고
누군가는 상처받고
또 아무 상관없는
누군가는 정보가 되어온 말들로

생각지도 못한 불편함을 만들어
말로 생산해 버린다.
우리가 이러고 산다.
"말"
바른말을 생산할 수 있는
우리가 되길 소망한다.
말은
우리의 축원이 되어
다시 나에게 온다.

모두가 축복받는 그대가 되길 기도합니다.
감사한 하루를 살게 해주신 인연들이여!
행복하시길~~~^^

## 세상을 비추는 자~

2022. 11. 30.　　22:27

빛을 내는 자.

빛을 받는 자.

빛을 품는 자.

나는 빛을 내어 누군가의 빛나는 인생길을 비추는 빛이 되리라.

나는 빛을 받아 누군가의 용기와 희망의 시작의 빛이 되리라.

나는 빛을 품어 누군가의 목마름의 건조함을 품어줄 따뜻함의 빛이 되리라.

온전함으로

순수함으로

그들을 아끼고 사랑할 수 있는 빛이 되리라.

아버지!

제가 그런 빛이 되고자 합니다.

천지 대자연의 어버이시여!

마음을 내어 세상에 나가겠습니다.

공수.
울의 해로 가리라.

## 편함의 착각으로 어려워질 때

2022. 12. 2.　　　1:03

단면적인 나의 모습들로
살아가는 것처럼 보이지만
그렇지 않다는 것을 나는 느낀다.
그리고 나와 같은 그들을 느낀다.

이중적인 나의 모습들이 모여
편함을 느끼고
다중적인 나의 모습들을 만들어 낸다.

편함에 취해 계속적으로 반복적으로 지속적으로
다중적 나를 일으켜 살아간다.
그런 편하다~에 취해 살아간다.

안정적인 인식이
나와 우리를 안주하게 하며
편하다로 착각을 일으켜 살아간다.
그리고 그러고 산다.
어느 순간
다중적인 나는 편하지 못할 때를 만난다.
그렇게 편하지 못한 내가 많아져
답답해 숨이 막혀 올 때

누군가를 탓하거나
누군가에게 의지하거나
누군가를 찾게 된다.

지쳐있다.
많이 지쳐간다.

찾고 찾고 찾다가
마지막 지푸라기를 찾아온다.

나는 그들의 지푸라기가 되어
편하다가 착각임을 알려준다.
진정한 편함의 안식을 찾을 수 있도록
안내자가 된다.

모두가 안내를 받아들이지는 않지만
누군가는 안내를 통해
이중적이고 다중적인 자신의 가면을 벗고
자유를 찾아간다.

이 또한 얼마나 감사하고 위대한 일인가!

"나!"를 이렇게 살 수 있는 자로
이끌어 주신 나의 스승님께 감사드립니다.

## 무거운 당신이 자유롭길~

2022. 12. 3. 0:45

우리는 살아갑니다.
모두가 수고한 당신이 되어 살아갑니다.
수고한 당신은 무거운 당신이 되어 살아갑니다.
수고했는데 행복하지 않아 당황스러워합니다.
수고했는데 한 발을 떼지 못해 두려움으로 숨어버립니다.
무거운 육신과 지친 영혼이 되어
수고한 당신은 억울함으로 세상을 원망합니다.
억울함을 겹겹이 만들어 뭔지도 모를 원망이
수고한 당신을 더 무겁게 눌러버립니다.

원망만 하고 있는 무거운 당신이여~
수고한 당신이 무거워진 이유를 알아야 한다고 말해봅니다.
이유를 알 때부터
인정이 될 때부터
무거움을 풀 수 있는 시작의 힘이 만들어진다고 말해봅니다.
시작할 수 있는 힘이
억울함으로 원망을 일으켜 살지 않아도 된다고
이해할 수 있는 당신이 될 수 있다고 말해봅니다.

수고해서 무거운 당신이여!
육신과 영혼의 해방을 만나길!

당신의 가벼운 자유를 만나길!
간절히 기도해 봅니다.

우리 모두 수고 많으셨습니다.

아버지!
지혜의 문이 열릴 수 있도록
우리를 이끌어 주십시오.

## 불편한 당신~^^

2022. 12. 10. 1:06

꼭 그렇게 해야 하나요!
무엇이 그렇게 화난 당신을 만들어
거친 언어를 쏟아내어 그들을 불편하게 만드나요.
당신만 화나면 안 되나요!
그들까지 꼭 화난 당신을 알아줘야 하나요!
함께 화난 우리가 되어가길 원하나요!

당신이 우리처럼 웃는 그대가 되면 좋을 것 같아요!
당신이 우리와 함께 즐겁길 원해요.
당신이 아닌 하나가 된 우리가 되어 행복하길 원해요.

소중한 당신이여!
활짝 웃는 그날이 오길 소망합니다.

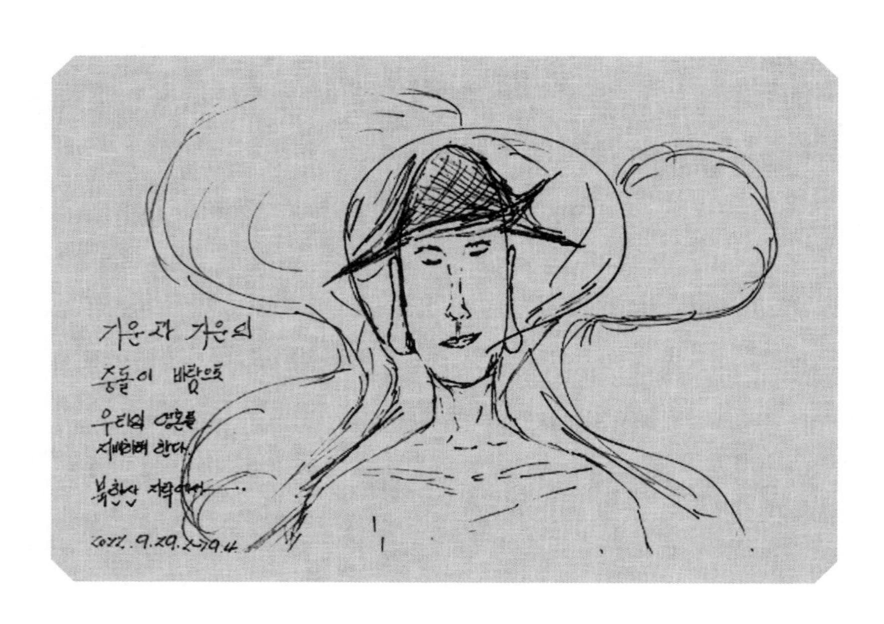
기운과 기운의
충돌이 바탕으로
우리의 영혼을
지배하게 한다.
북한산 자락에서…….
2022.9.29.

## 걱정이!

2022. 12. 10.　　1:28

살 수 있는 우리는
왜 걱정을 끌어안고 살아야 할까요!
걱정하는 우리가
꽤 괜찮은 척 살아갑니다.

걱정은 왜 일어나는지
어떻게 하면 걱정을 하지 않고
살 수 있는지
알려고도 하지 않고
걱정하는 우리는
늘 걱정을 앞세워
게으른 우리가 되어 살아갑니다.

걱정하지 않고 살 수 있는 우리가 되어
자유로운 우리가 되어가길 소망합니다.

## 자기 생각만 하는 그대여...

2022. 12. 11. 1:39

자기 생각만 하는 그대여 주변을 보세요.
자기 생각만 하는 그대여 주변의 말을 들어보세요.
자기 생각만 하는 그대여 주변의 생각도 있음을 알아야 해요.

자기 생각만 하는 그대여 계속 그렇게 살다가는
아무도 나의 생각을 이해해 주지 않을 때를 만나 외로워질 수 있어요.
아직 눈치채지 못한 주변을 위해 이제부터라도
자기 생각만 하지 말고 주변의 생각도 있음을 알고
우리 생각이 되어가는 당신이 되길 소망합니다.
우리가 하나임을 알고 함께 행복하고 싶어요.^^

## 내 새끼~

2022. 12. 11. 1:39

눈에 넣어도 아프지 않을 것 같았던 내 새끼!
눈에 넣지 못해 아픔을 느끼는 어미들!

내 새끼가 어미 품을 떠나
세상 속으로 뛰어 들어가려는 준비를 하는 신호를 보낼 때
어미는 보지 못해서 보고 싶어 하지 않아서 신호를 놓쳐버립니다.
다양한 방법으로 내 새끼는 신호를 보내고 있는데
어리석은 어미는 다른 눈이 되어 신호를 무시합니다.
분명 신호를 보내고 또 보내고 보내는 새끼들은
신호만 보내다 준비 없이 그냥 세상 속으로 뛰어듭니다.
함께 준비했어야 하는 어미와 새끼는
혹독한 세상을 경험하고 서로를 탓하면서
준비 없이 세상살이를 했던 모든 것이 어미 탓이 되어 돌아옵니다.

우리가 신호를 어떻게 알아차려야 할까요?
신호를 알았다면 어떤 준비를 해야 할까요?
준비가 되었다면 언제 세상의 경험을 시작해야 할까요?
시작한 뒤에는 무슨 이유로 살아가야 할까요?

해울이 되어 만난 세상 속 사람들은
약한 어미와 어리석은 새끼들이 되어

세상을 바르게 보지 못해 힘들어하며 찾아옵니다.

아버지!
우리가 풀어가야 할 세상을 볼 수 있는 지혜의 눈이 되어주십시오.
세상을 빛나게 살아갈 수 있는 힘이 되어 주십시오.
우리 새끼들이 바르게 성장할 수 있도록
어미의 지혜가 생길 수 있도록 이끌어 주십시오.

내 새끼가 아닌 우리 새끼로 키울 수 있는
어미의 바른 눈이 되길 간절히 소망합니다.

## 선생...

2022. 12. 13. 0:55

오늘도 난
누군가의 선생이다.
그런 오늘...
누군가의 보여주고 싶지 않은 선생이었다.

앞으로도 난
선생 해울이지만
오늘의 난
인간 민관영이 되어
조금 힘들다.

그럴 수밖에 없는
누군가를 아끼고 사랑하고
이해하고 품을 수 있는
내가 되길 간절히 기도합니다.

아버지!
용기 있는 사랑의 행을 할 수 있는
지혜의 가르침 주셔서
오늘도 감사합니다.

## 우리 마음...

2022. 12. 15. 0:34

넉넉한 마음으로 세상을 볼 수 있는 힘이 우리에게 생기길~
포근한 마음으로 세상의 인연들의 아픔을 바라볼 수 있는 눈이 되길~
여유 있는 마음으로 세상의 생각을 바라볼 수 있는 지혜가 나오길~

우리가 그런 마음이 있는데 우리는 잘 쓰지 못하는 것 같습니다.
우리는 서로의 아픔을 보며 비웃으면서 조롱하면서
나만 아니면 된다고 하면서
나는 하나도 손해 보려 하지 않으려 하는 것 같습니다.
속마음 속 더 밑바닥에 있는 맑고 깨끗한 우리의 마음을 알 수 있다면
우리는 서로를 아끼고 사랑할 수 있을까요?

겉으론 공감하고 위로하고 포장하는 따뜻한 말을 하며
우리를 속이는 그런 가식의 나를 쓰지 않고,
서로서로 진짜 내가 되어 툭 던지는 마음이
간절히 서로를 위로하고 감싸안고 사랑할 수 있기를 소망합니다.

인연과 인연들 사이의 주어진 시간을
잘 쓰고 가시길 소망합니다.
함께 풀어가야 할 연결고리가 있어 만나고
그 고리가 풀어져야
그다음 인연들의 연결고리를 풀 수 있는 힘이 생깁니다.

서로를 외면하고 풀지 않을 때,
다음 이어지는 인연과의 연결고리를 풀 수 있는 방법을 몰라
외롭고 쓸쓸해질 수 있습니다.
그렇게 세상을 원망과 한스러움으로 살기에는
우리가 사는 이 세상은 너무 아름다운 세상입니다.
인연들이여 세상을 정면으로 마주할 힘을 내어보세요.
함께 기도하며 함께 풀어가겠습니다.
해울 되어 우리 곁에 있겠습니다.

힘 있는 눈과 바라볼 수 있는 지혜가 나오길 축원합니다.
싸늘한 밤이 따뜻한 밤이 되시길~~~

## 시선

2022. 12. 16. 1:32

부모 없는 어린아이를 보는 세상의 시선은
차가움을 감추고 싸늘하고 따뜻한 시선 처리로
어린아이를 불쌍하게 대한다.

부모는 자신의 아이를 보는 시선은
모든 것을 다 이루어줄 것을 맹세하듯 눈이 멀어
세상에서 가장 특별하게 대한다.

부모는
한 아이의 부모가 되어
부모 없는 아이의 부모 없음을
이용하는 줄도 모르고 그 아이를 이용한다.
그들은 무슨 일들이 일어나는지 아직은 모른다.

세월이 지나
상처가 상처인지 모르고 살아낸 부모 없는 아이들
상처를 주었는지도 모르고 살아낸 부모들
상처가 뭔지도 모르고 자란 부모의 아이들

따뜻한 세상의 요지경 저 지경이 되어
무엇이 지금의 우리들을 상처투성이로 만들었는지

이유를 모르고 현재의 고통을 호소하면서
해울을 찾아온다.

현재를 만들어 낸 과거의 기록을 보고 싶어 하지 않고
현재의 걱정과 앞으로 잘 될 거라는 거짓 희망만 듣고 싶어 한다.
그럴 수는 없다.
과거의 기록이 현재가 되어 미래를 만들어 간다.
우리들이여 시선을 멈추고
무엇이 상처를 만들어 지금의 고통이 되었는지 알고
알았다면 현재 무엇을 해야 하는지 어떻게 받아들이고
앞으로 무엇을 위해 살아야 하는지 생각하고 생각해 보는 것이
미래의 우리를 고통과 걱정에서 벗어나
서로를 위해 살아도 자유와 기쁨을 만날 수 있을 것이라 생각한다.

우리들의 생각이 진정한 어른다움이 되길 소망한다.
우리들의 마음이 바른 행으로 이어지길 소망한다.

아버지!
모르고 살아온 삶도 죄가 된다면 받아들이고
모름을 배울 수 있는 인연들의 희망이 되어 주십시오.

## 사랑... 바보처럼...

2022. 12. 17.　　0:13

외사랑으로 알았던
사랑이 힘에 겨울 때

사랑을 멈춰야 할 것 같은
생각이 들어 고민할 때

하늘은 나를 위로하듯
나에게 다시 힘을 내게 한다.

외사랑이 아니었음을
확인하는 순간들을 만나게 한다.

내가 한 외사랑이 나를 위한 사랑으로
차곡차곡 쌓은 줄도 모르고 있었다.

혼자 한 사랑으로 알고 힘겨워했다.

나만 주었다고 생각했던
나날들의
부끄러움과 어리석은
착각 속에서도

나를 다 쏟아부어
바보처럼 아낌없이 준
사랑의 결과들이
다시
나에게 올 때
혼자 한 사랑이 아닌
서로 사랑했음을 알았다.

사랑은
일방적일 수 없고
함께해야 한다는 걸…
확인했다.

사랑!
다시 한번 해보자.

늘 사랑하는 나.
변하는 나의 사랑들.
나를 사랑하는 나.
나를 사랑하는 그대들.

내가 사랑하는 그대들을 위해
나는 또 사랑을 시작한다.

아버지!

우리는 약해서

사랑받기를 원합니다.

주는 사랑의 기쁨을

알게 하시고

서로를 진정으로

아끼고 사랑할 수 있는

지혜의 가르침 안으로

인도해 주소서!

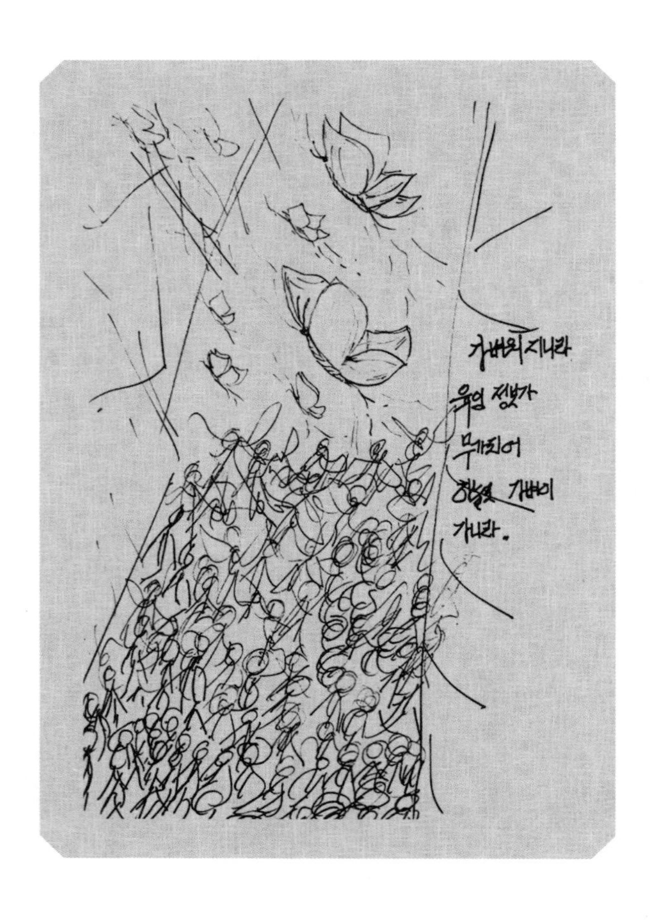

## 부끄러움과의 첫 만남...

2022. 12. 21. 4:22

부끄러움과의 첫 만남^^
그대여 축하합니다.
그대여 당신의 살아온 삶에서
부끄러움을 알아차린
그 순간을 기억하세요.
왜 부끄러웠는지를 꼭 생각하세요.
부끄러웠던 나의 생각과 행동들이
쌓이고 모여서
나의 환경에서
나에게 보내는 반응들이
나를 이토록 어렵게 했음을
이제는 알게 되어
스스로 반성하는
그대가 되어 성장해 갑니다.

해울이 되어 당신을 만납니다.
당신의 뜨거운 참회의 눈물에
함께 눈물 흘립니다.
예전의 모습에서는
당신의 분노와 억울함과 억지스러운
삶 속에서

상대들에게 탓을 하며 비난하며
자신을 방어하는 눈물로 가득했었던 그대였는데
무슨 일이 당신을 깨우쳐
이렇게 부끄러움을 알고
참회의 맑은 눈물이 흐르게 만들었을까요?
저는 알고 있습니다.
당신의 끝없는 노력을~
잘 살아보겠다는 노력을~
잘 사는 방법을 모르고 살았을 때의 당신은
늘 아등바등 아끼면서 어리석은 한탕을 위한
몸부림으로 열심히 살았습니다.
지금의 당신은
바른 삶이 무엇인지 알아가는 과정 중
예전의 삶과 충돌해 가면서도
예전의 삶과 다른 삶을 살기 위한
끝없는 노력을 해왔음을 지켜보았습니다.
그렇게 3년이 되어갑니다.
당신의 알아차림에 박수를 보냅니다.
당신의 삶의 과정 중
첫 부끄러움과 마주한 이 순간이
저를 또 해울로 살게 합니다.

바르게 살기란 참 쉬운 일인데
우리가 살고 있는 세상에서는
조금은 어려운 일입니다.

당신의 부끄러움이 상대들을 대할 때
한없이 겸손한 당신이 되어갑니다.
부끄러움을 아는 당신은
이제 겸손한 당신이 되어
삶을 기록할 것입니다.
겸손한 당신의 첫 모습을 기억하세요.
늘 당신을 응원합니다. ♡

아버지!
우리 모두에게
지혜롭게 살 수 있는 용기가
일어날 수 있도록 이끌어 주십시오.

가르침 주시는
스승님께
감사드립니다.

## 따뜻한 엄마

2022. 12. 23. 1:48

당신의
무심히 내미는 손길에
따뜻한 품의 엄마를 느낍니다.

당신의
환한 웃음으로
바라봐 주는 눈가에
촉촉한 눈물의 아픔이
함께 아파해주는
엄마를 느낍니다.

당신의
거침없는 말속에
기죽어 지친 우리에게
응원과 용기를
끝없이 보내주는
엄마를 느낍니다.

당신은 우리에게 엄마입니다.
그냥
엄마!

우리를 꽃이 되게 하는 엄마!
우리를 꽃피우게 하는 엄마!

당신은 우리를 빛나게 해주시는 엄마!

엄마!
세상의 엄마!
그런 사람입니다.
함께 가는 이 길이 좋습니다.

당신을 보며
해울도
그런 사람이고 싶습니다.^^

## 60평생 후...

2022. 12. 23.    21:03

늘 노력하는 그대를 위하여~

세상이란 길 위에 툭 던져진 그대여~

무엇을 위해 가는지도 모르고

60평생을

반듯함으로 자신의 길을 살아온

그대여!

수고하셨다는 한마디도 듣지 못하고

세상의 길 위에 던져져

또 한 번의 반듯함을 소리 없이 강요하는 세상을 위해

다시 노력하려는 그대여~

반듯하지 마세요.

노력하지 마세요.

그동안 모르고 한 노력의 대가가

다시 반듯함을 강요하는데도

그대는

눈치채지 못하시네요.

그대의 노력이 잘못되었다는 걸~

죄송합니다.

60평생의 삶을 돌아보시고
노력이 아닌 강요가 아닌
자신의 기쁨을 위한 길을 찾아보세요.
누구의 삶을 위한
수단이 아닌
60평생을 산
그대의 삶을 살아보세요.

그대의 기쁨의 삶의 빛이 되어
함께 걸어드리겠습니다.

## 다시...

2022. 12. 27. 1:37

침묵하는 아이들
재촉하는 부모들
부모들이여 아이들에게
무엇을 바라고 원하나요?

아이들이 어떻게 되기를 꿈꾸나요?
어리석은 부모들이여!
시들어가는 아이의 모습이 보이지 않나요?

어느 순간 말을 잃은 아이가
정지 상태가 되어 침묵할 때
그때부터 수습을 시도하며
이곳저곳 헤매다
마지막 찾는 곳
세상이 조롱거리로 보는
무식한 점쟁이인 나 "해울"을
숨어서 찾아온다.

손가락질했던 나에게~
제발 살려만 달라고
어떻게 하면 말을 할 수 있냐고

무엇이라도 다하겠다고
이렇게 지키질 못할 약속을 한다.
부모는 그 순간은 간절하여 진심을 다한다.

그리고 자식의 어려움을 들여다본다.
침묵의 의미를 알아간다.
침묵의 원인과 이유가
부모에게 있음을 인정해 간다.
그렇게 아이가 침묵을 깨고
세상 밖으로 나올 때
어리석은 부모는
안정을 찾아가는 아이를 보고
다시 욕심을 내기 시작한다.
간절했던 그 순간을 지워버린다.
그리고 해울도 지워버린다.

씁쓸한 나는 또 그렇게 잊힌다.

아버지!
이 또한 나의 몫이며
부모와 아이와 나.
인연이 되어 주어진 시간 속
풀어가야 할 나의 사명이며 숙제이니
미워하지 않고 실망하지 않고
저를 잘 다스려 쓸 수 있기를 소망합니다.

그들을 사랑할 수 있기를 소망합니다.
부모와 아이가
바른 삶을 살기를 소망합니다.

다시 돌아올 부모와 아이를 위해
저는 준비된 해울로 살겠습니다.

## 열등... 이제 안녕^^

2022. 12. 30.　　3:14

나는 열등했습니다.
남들과 다른 삶을 사는 나!
세상의 눈들로 인해
나는 열등했습니다.
나는 그렇지 않다고 몸부림을 치며
아닌 척
괜찮은 척
즐겁고 행복한 척하며
세상의 편견에 흔들리지 않으려
나는 그렇지 않다고
나는 아니라고
시위하듯 살아왔습니다.

그렇게 살던 수많은 나는
이제 열등하지 않으려고 합니다.

나의 노력이 빛이 되어
많은 사람들을 통해
“해울”
“당신에게 미안했어요!”라는 말과 함께
나는 다시 태어납니다.

편견의 눈이 나를
노력하는 삶을 살게 했고
끝없이 열등했을 나를
자유롭게 살 수 있도록
인도자 역할을 해주었습니다.

세상이여 고마워요.
나를 편견의 눈으로 봐주어서…
그렇지 않았다면
나는 평생 열등으로 살았을 거예요.

"열등"
이제 안녕^^

세상의 편견이
나를 공부로 노력으로
가르침 주시고 이끌어 주신
나의 스승님께 깊이 감사드립니다.

## 관심... 간섭...

2022. 12. 31.    1:42

관심을 가지는 것처럼
간섭하는 우리들의 모습 속에서~
우리는 관심보다는
내 생각대로 간섭을 하며 살아간다.
무엇이 관심일까!
관심을 가지고 지켜볼 수는 없는 것인가!
내 생각대로 하고 싶은 욕심으로
조급함에 답답함에
관심인 듯 포장하여
가차 없이 간섭을 시작한다.
간섭이 간섭을 또 일으켜
우리를 위한다는 목적으로
주장을 하며
우리는 틀렸고
너는 당연히 더 틀렸고
나는 맞다로 우리라는 가면을 쓰고
관심 가져준 대가를 원하며
주장을 펼쳐 따라주길 바란다.
가면 쓴 우리는 그렇게 속고 속이며
살아간다.

우리는 간섭받았다.
우리는 간섭을 원하지 않는다.

관심받고 싶은 그대들이여!
간섭하지 마세요.

생각을 일으켜
내가
무엇을 원하는지
무엇이 하고 싶은 것인지

상대에게
무엇을 원하는지
무엇이 하고 싶은 것인지
잘 생각하고 정리해서
우리에게 이로운 게 무엇인지 알고
서로를 위하는 마음을 내어
간섭이 아닌 관심을 가져주세요.
그렇게 했을 때
우리는 함께 즐거울 수 있어요.
분명한 건
우리는 서로를 사랑합니다.

바르게 알고 서로 행복하길 소망합니다.

3부

# 멘토의 시 2

## 친구 ?!

2023. 1. 1. 1:18

친구
나이가 같다.
오래되었다.
지금도 함께 한다.

친구
나이가 같다고 친구일까?
오래됨이 친구일까?
지금도 함께 하는 것이 친구일까?

그런데 우리는
왜 외롭고 힘들어하는 순간이 오면
친구들 앞에 서지 못하는 것일까?

왜 친구들의 아픔을 가십거리로 만들어
쉬쉬하면서 조롱하는 것일까?

친구라는 가면을 겹겹이 쓰고
친구의 아픔은 즐기고
친구의 잘 됨은 축복하지 못하고
친구를 대한다.

그러니
나의 아픔에 나눌 사람이 없고
나의 축복에 나눌 사람이 없다.

아니라고 말하고 싶다.
우리는 그렇지 않다고
"친구를 위해
함께 아파하고 함께 축하할 수 있다."라고~

저 깊은 내면의 나는
진정으로 친구를 위할 수 있는가!

어떻게 하는 것이 친구를 위하는 것일까?
어떻게 하면 친구를 사랑할 수 있을까?

아버지!
우리가 서로를 진정으로
티 없이 아끼고 사랑할 수 있도록
지혜로 이끌어 주십시오.

## 원래... 이런 곳은...

2023. 1. 2. 1:04

원래...
이런 곳은 안 오는데...

이런 곳!
그런데 왜 오셨나요!

궁금해서 왔고
답답해서 왔고
힘들어서 왔고
화가 나서 왔고
판단이 서지 않아 왔고
미칠 것 같아 왔고
두려워서 왔고
걱정이 돼서 왔고
미워서 왔고
배신감에 왔고
욕심에 눈이 멀어 왔고
사기당해 왔고
사기 쳐서 왔고
암에 걸려 왔고
송사에 휘말려서 왔고

구설수에 시달려서 왔고
죽음을 생각하고 왔고
오만때만 이유로
당신들이 왔습니다.

이런 곳은 안 오는데
당신들이
시간과 경비를 들여
이런 곳에 찾아왔습니다.

그럼 말을 들으세요!
당신들이 이유가 있어 물으러 왔습니다.
이런 곳에...
지금 오만때만 이유들로 힘들지 않았다면
이런 곳까지 찾아들었을까요?
이런 곳을 아시기 전에
다 해보시다가 여기까지 오셨으면
말을 들어보세요.
불자라면서요.
기독교인이라면서요.
지식인이라면서요.
왜?
여기까지 오셨나요?
어리석은 그대들이여!

아버지!
그래도 저는 이들을 위해 살아야 하나요?
그래도 저는 이들을 위해 입을 열어야 하나요?

네... 하겠습니다.

그럼
그들의 귀를 열어
잘 들을 수 있게 하시고
바른 판단을 할 수 있게 해주십시오.
간절히 소망합니다.

## 미움

2023. 1. 4.　　　　3:04

미움ㅜㅜ.

서로를 향해 쏟아내는 미움들
지쳐하면서도 끝이 없는 미움을 쓴다.
왜 미울까!
왜 미워할까.
미워서 몸부림치며 싸우는 우리들
속으로 미워하고
드러내서 미워하고
서로를 지배하려는 미움들
어디까지 미워할까.
죽어도 밉단다.
끝이 나지 않을 것 같은 미움

그만하자~
서로가 멀어져 바라볼 때도
미움을 쓴다.
어쩌라는 것일까?
밉단다.

관계성이 없을 때는 그냥 본다.

관계가 형성될 때부터
서서히 나도 모르는 사이
내 뜻대로 따라오지 않아진다고 밉단다.
미움이 시작된다.

이러라고 우리는 관계하는가!
이러라고 인연이 되어 함께 하는 것일까!

나의 모자람이
상대도 나처럼 해주길 바라고
내가 원하는 대로 살길 바라면서
집착이 시작된다.
사랑인 줄 알고 쓰던
이 모든 것들이 미움 덩어리를 만든다.

우리는 이제 헤어질 시간이 다가온다.

부부여~
이제 정신을 차려 주변을 보세요.
"궁합이 맞다." "안 맞다." 보다~
우리는 서로를 위해
노력하였는지 살펴보세요.
미워하면서 사랑한다고 생각하는
부부여~
미워하려고 부부가 되었을까요!

서로를 위해 배려와 존중하는
부부가 되어가시길~

이렇게 미워하는데
아이들은 미움 덩어리로
키워지고 있지 않을까요?
주변을 보세요.
억울하다며 미움을 쓰는 부부여!
우리가 무슨 짓을 하고 있는지
알고 한다면
미움보다는
다른 방법을 쓰실 수 있을 거예요.

미워하지 마세요.
나의 부족함이
우리를 불편하게 합니다.

그다음~
내 앞에 미워할 상대조차 없어집니다.

후회하지 않을
부부가 되시길 소망합니다.

## 남들과 다른 삶...

2023. 1. 6.　　　　3:26

주목할 수 없는 삶의 길
주목받을 수 없는 삶의 길
주목받고 싶은 삶의 길
주목받는 삶의 길

우리는 선택할 수 있을까!

쉬운 길을 선택한 그대여!

숨기고 싶은 삶이 되어 돌아보니
너무 많이 와버린 길목에서 후회하는 그대여!
걱정과 두려움으로 떨고 있는 그대여!
괜찮아요.
쉬운 길은 쉬운 길이 아니라
그대가 가야 할 길이었어요.
쉬운 길은 없어요.
그대가 쉽게 생각한 그 길이
지금 보니 쉽지 않다는 걸 경험하지 않았나요?
무엇을 보았나요.
무엇을 들었나요.
살아온 길을 돌아보세요.

그리고 생각해 보세요.
쉽지 않은 길에서 아무나 할 수 없는
특별한 인생을 살았다는 걸~

지금부터 시작이에요.
망치지 않았어요.
특별한 인생을 산 그대여!
그 경험을 가지고 지금부터
더 특별하게 빛나는 인생을
설계하고 계획하고 펼칠 수 있을 거예요.

시작해 보세요.
그대가 노력만 한다면
세상은
그대 편이 되어줄 거예요.

해울도
그대의 특별한 인생이
빛나는 삶이 되길 응원합니다.
그리고 소망합니다.

## 내가 없는 나!

2023. 1. 6.　　3:37

내가 없는 나로 사는 우리들
내가 없는 나의 삶인지도 모른 채
내 삶인 줄 알고
성실하게 열심히
욕심으로 열심히
탐욕으로 열심히
남을 위해 열심히
우리가 아는 선 안에서 최대한 열심히
살다가 지쳐 헤매는 우리들이여~

과연
그 안에 나는 존재하는가!

사주를 받아 태어난 나는
꼭 그 사주를 받아 살아야 할 이유가 있을까!

살다 보면 많은 일들이
내가 원하는 방향대로
잘 흘러갈 때가 있고 그렇지 않을 때가 있다.

점점 이건 아닌데 이렇지 않았는데

"왜 이렇게 되어가지?" 하는
일들의 결과를 마주할 때
어딘가로 찾아간다.

사회의 지식을 가진 상담사들이나
철학관 역술인 무속인 등등등
여러 분야의 쟁이들
그리고
전문가들을 찾아 나서기 시작한다.

그렇게 우리들은
궁금증을 풀기 위해 답답함을 해소하기 위해
열심히 발품을 팔아서
곳곳의 쟁이와 전문가를 만난다.

그리고 묻는다.
그리고 대답을 듣는다.
물을 때도 묻는 답을 줄 때도
우리는 내 삶을 내가 아닌
나로 살고 있는지를
모르는 것 같다.
내가 없는 나의 삶!

어디서부터가 잘못된 것일까!
어디부터 알고 살아야 하는 것일까!

알고 싶어 하는 자도 없고
알려줄 자도 없는 것 같다.

앞으로의 삶을
궁금해만 하는 자들과
답만 알려주려는 자들만
있는 것 같다.

과거의 나도
내가 없는 나의 삶이 내 것인 줄 알고
열심히 살았다.
그리고 인연들에게도 그렇게 대하였다.

아니었다.
나의 삶을 무엇인 줄 알고 살아야
자유로운 나의 삶을 살아가는 것 같다.
어디에도 메이지 않고 사는 나로~
무엇을 해도 불평과 불만이 없고
두려움과 걱정이 없는 나로~
어떠한 경험과 결과가 일어나도
재밌게 즐겁게 받아들일 수 있는 나로~

알면 쉽고 모르면 두렵다.
알면 감사한 나의 삶이 되고
모르면 걱정만 하는 괴로운 나의 삶이 된다.

내가 있는 내 삶을 나는 알아야 한다.
그래야 행복한 내 삶을 살 수 있을 것 같다.

사주로 보는 내가 나일까!
하루살이 점으로
일 년 살이 점으로
나의 삶이 나로 살아질 것인가는
생각해 보고
내 삶을 빛나는 인생으로
살길 소망한다.

## 용한 점쟁이는 아닙니다.

2023. 1. 6. 19:47

나는 무속인이다.

사람들은 인연들의 꼬리에 꼬리를 물고
점쟁이를 찾아온다.
"거기가 신점 보는 곳인가요?"
하며 자신들의 과거와 현재 그리고 미래를
맞추길 바라며 찾아온다.
과거와 현재 들여다보면 놀라기도 하고
너무 보면 싫어하기도 하고
미래의 모습 또한 있는 그대로 알려주면
받아들일 수가 없어 힘들어한다.

다들 빠르고 바쁜 일상 속 다른 인생들을 살고
고민과 걱정을 안고 불안한 미래의 두려움으로
조금 더 나아질 수 있을까 하는 희망을 가지고
해울당을 찾는다.

사람들은 기대를 안고 희망을 가지고 오겠지요!
나는 미안하게도 그 기대를 무너뜨리는
개소리로 들릴 수 있는 말만 늘어놓을 때가
종종 일어난다.

악역 아닌 악역을 도맡아 하는 것일까?
아니다! 나는 내 앞에 온 사람들을 위해
내가 알고 보이는 그대로를 말하고 있고
개소리를 들을 만큼 살고 온 사람들에게
교정할 수 있는 방법을 알려주고 있다.
자신들이 듣고 싶은 말을 정하고 온 사람들은
개소리로 들릴 것이고,
도움이 필요한 사람들은 교정해서 된다면
방법을 잘 듣고 갈 것이다.

나는 안다.
안 듣는다는 걸~

그래도 나의 말이!
신들과 합의해서 나오는 공수의 말들이~
나의 스승의 가르침으로 나오는 자연의 법칙의 말들이~
사람들의 현재와 미래의 걸어가야 할 길목에서
조금이라도 교정이 되어 바른 이치를 알고
바른 삶을 살기를 희망해 본다.

아버지!
저는 용한 점쟁이는 아닌가 봅니다.
그래도 저는 계속 이렇게 살아보려고 합니다.
용한 점쟁이도 해봤고,
굿 잘하는 무당도 해봤지만,

다시 원위치로 돌아가는 세상을 보면서
저는 그렇게 살 수가 없습니다.

점은 바뀔 수 있고,
나의 노력들이 운행을 바꾸어
운을 만들어 복이 오길 소망합니다.
그렇게 된다는 걸 알기에
용한 점쟁이는 포기하고,
바른 인생길을 설명하고 이해시키고,
오만가지 답답함을 풀어주고 다스려 줄 수 있는
신의 제자 해울로 살겠습니다.

우리가 서로 소중한 인연인 것을 알기에
저는 그렇게 살겠습니다.

## 나의 눈물이여! 나의 친구여!

2023. 1. 10.　　　0:50

눈물이 납니다.
저 깊은 곳 나도 모르는 눈물과 만났습니다.
왜 지금!
갑자기 왜 온 거냐고 눈물에게 물어봅니다.
싫은데!
너와 마주하고 싶지 않은데
왜 지금이냐고
눈물은 나의 지독한 외로움에
나를 위해 왔다고 합니다.
눈물은
나를 위해
날 씻겨주러 왔다고 합니다.

나는 눈물과 마주하고 싶지 않다고 하면서
짙고 짙은 눈물을 흘려
눈물과 만나고 있습니다.

저는 눈물이 나를 위해 왔다는 걸
나를 살리려 왔다는 걸
이제서야 알아차립니다.

지독한 외로움에 지쳐가는
나를 살리려고 온
눈물이여!
왜 온 거냐고 탓을 해보지만
나를 위해 눈물은 나에게 내립니다.

나는 지독한 외로움을 알고 있습니다.

지독한 외로움을 마주하고 싶지 않아
눈물에게 너와 만나고 싶지 않다고
핑계를 대면서
나의 지독한 외로움을
감추고 싶었나 봅니다.

오늘은 어쩔 수가 없이
눈물이
나를 무시하듯 나를 지배해 버립니다.
짙은 눈물로 고약한 나의 눈을 적셔줍니다.
눈물은 나를 살리려고 나를 만나러 옵니다.
끝도 없이 눈물이 나를 만납니다.
눈물을 힘들게 합니다.
나의 지독한 외로움을 눈물이 덮어 줍니다.
고맙다. 눈물아~

또 알았습니다.

눈물은 항상 내 곁에서 나를 위해
언제든지 왔다는 걸!
나의 욕심에도 왔고!
나의 걱정과 불안과 두려움에도 왔고!
나의 분노와 억울했던 모든 순간에도
나를 위해 왔었다는 걸!
내가 아파했던 모든 순간과
내가 기뻐했던 찰나의 순간까지도
부끄럽고 견딜 수 없는 수치와 치욕스러운
모든 순간까지도
나를 위해 왔다는 걸!
어리석은 나는 몰랐습니다.
눈물이 없었다면
나는 이 모든 삶을 살 수 있었을까요!
눈물은
늘 나에게 아낌없이
나를 지켜주는 친구였습니다.
고맙다.
늘 함께해 준 나의 친구 눈물이여!

그대들도 나의 친구 눈물처럼
그대들의 친구 눈물과 만나보세요.
반갑다. 그대들의 눈물이여~

## 어리석은 사랑...

2023. 1. 13.        20:25

사랑하다 오는 그대들이여~

처음의 설렘으로
호기심과 여러 기대를 가지고
인연의 고리를 건다.

사랑한단다.
사랑했단다.
사랑이 아니었단다.
그런 거 한 적 없단다.
맞다. 우리는 사랑한 적이 없다.
슬프게도~

삶이란 길 안에서
인연들은 스쳐간다
스쳐가지 못하고
서로를 알아보는 찰나의 순간이
인연이 되어 서로를 사랑하고 있다고 한다.
사랑이 뭔지도 모르고 시간을 쓰며
연인이 되어 버린다.

처음 시작하는 연인은

우리 궁합이 좋은가요?
결혼은 할 수 있나요?
언제 결혼하면 좋을까요?
아이는 몇 명 낳는 게 좋을까요?
집은 언제 살 수 있나요?
돈은 많이 버나요?
등등등 앞으로
우리는 잘 살 수 있나요?
하며 신이 나서 물어온다.
죽을 만큼 사랑한단다.

무슨 말을 해도 들리지 않는다.

그리고 연인은 말한다.
사랑한다고 우리는 시작되었다고
어떠한 경우에도 함께 할 거라고 하며
확신하며 연인은 정이 들어간다.

시작되었다.
사랑하는 그대들이라 착각을 일으켜
연인은 더 깊은 인연이 되어 사랑한다.
그리고 시간은 흘러간다.
여러 가지 환경과 상황들을 함께하며
서로가 서로에게
나를 위해 나처럼 내가 원하는 대로
살아달라고 하며 지지고 볶으면서

양보하는 듯 양보 없이
또 내가 원하는 대로
살아달라고 하며 사랑한단다.
서로 사랑한다 하면서
내가 원하는 사람이 되어주라고
왜 그렇게 살아주지 않느냐고 하며
서로를 향한 원망과 분노를 쏟아내기 시작한다.
그러면서도 사랑한단다.
미친 듯이 쏟아내는 원망과 분노들이
서로에게 상처를 입히면서도
사랑한단다.
누가 먼저랄 것도 없이
서로를 증오하면서도 사랑한단다.
끝까지 싸운다.
끝이 보이지 않을 만큼 싸우면서 사랑한단다.

이별이 다가올 때 즈음까지도
이별을 하고 나서도
사랑한다고 하고
사랑했다고 한다.
그리고 또 사랑을 시작하려 한다.
연인은 상처를 가슴에 묻고
다시 새로운 인연과 자신이 알고 있는 사랑을 시작한다.
또 그렇게~~~
반복하는 사랑을 한다.

우리는 사랑했을까?

우리가 알고 있는 사랑은 사랑인 게 맞을까?

나도 내가 어떤 사랑을 원하는지 모르고
상대가 어떤 사랑을 원하는지 모르고
서로에게 떨림으로 감정을 일으켜 하는
시작의 사랑이
마지막의 상처투성이로
끝맺음의 사랑이
사랑일까?

사랑이 뭘까?
수없이 많은 사연과 사연들 속
우리는 사랑하는 그대들이 되어 오고
우리는 사랑하다 지친 그대들이 되어 온다.

진정한 사랑은
우리는 알까? 알 수 있을까?

과거에
내가 아는 사랑은
상대가 나를 위해 다 주는 사랑이었다.
그러다 나에게 주지 않을 때
힘들어하고 불안해하면서 시들해지면
온갖 이유로 불평을 쏟아내며

상대의 탓을 하며 헤어져 버렸다.
어리석은 사랑을 했다.
이기적인 사랑을 했다.

지금 보니 사랑이 아니었다.
나를 위한 편함을 보장받기 위한
집착이었다.
"편함이 좋아서 사랑했다."라고 착각했었다.

우리가 이런 사랑 중이지는 않았을까 생각해 본다.
그리고 이런 사랑은 사랑이 아니었음을 알아야 할 것 같다.

진짜 사랑
상대를 티 없이 있는 그대로 존중해 주는 것
한없이 주기만 해도 내가 바램이 없는 것
어떠한 조건 속에서도 들어주고 이해하는 것
나와 다른 가치관과 이념일지라도
내가 옳다고 주장하지 않는 것
있는 그대로~

그냥. 있는 그대로.
참 어려운 일입니다.

아버지!
지혜와 인내의 마음이 우리에게 다가오길 소망합니다.

## 남의 사랑

2023. 1. 15.　　22:39

다시 돌아갈 수 없는 어제로 돌아간다면~
그대들은 달라질 수 있을까?

그대들의 사랑이 식어
남의 사랑이 눈에 들어올 때

남의 사랑을 건드려
내 사랑으로 만들어
또 다른 그대들의 사랑을 시작한다.

시간은 시간을 쌓아
추억의 기록을 남긴다.
어딘가의 매 순간 속에서
그대들의 사랑의 기록들이
남아있다.

그대들의 소중한 사랑으로~

그대들의 사랑은
남의 사랑이었다.
알고 있는가...

알고 있다.
모를 리가 있는가…

이유가 있는 그대들의 사랑이여~
그대들의 사랑을 위해
그대들의 사람들을
아프게는 하지 않았으면 합니다.

이 세상 모든 것에는 이유가 있어
일어나는 일이지만
상처로 시간을 만들어 가는
우리가 너무도 불쌍합니다.

아버지!
어리석은 사랑을 할 수밖에 없는
우리에게 참사랑의 지혜로움이
일어날 수 있도록 이끌어 주십시오.
소망합니다.

## 해울당

2023. 1. 16.　　22:21

해울당!

자신들도 모르는
자신의 미래를 점을 치러 찾아온다.
과거의 삶과 현재의 삶! 속에서
미래의 삶을 볼 수 있다.
사실 뻔한 이야기 아닌가!
뿌린 대로 거둔다는 말?
왜! 모르는 척하고 물어오는가?

그리고 물음에 답을 한다.
나의 답에 당황한 나머지
다른 곳에서는 이렇게 말하지 않았다.
처음 듣는 소리다.
여기 신점 보는 곳 맞느냐?
하면서
다른 곳에서는
다른 곳에서는
하면서 받아들일 수 없어 한다.
참 미안하다.
똑같은 말을 해줄 수가 없다.

똑같은 말로 잠깐의 안도와 위안을
줄 수만은 없다.
정신 차리고 뒤를 돌아보고
현재를 인정하고 받아들이고
미래를 바르게 설계하는 게 맞지 않는가.

부적을 써서 잠깐 운을 돌리고
굿을 해서 신 앞에 빌어 운을 땡겨 쓴들
무엇이 달라지겠는가!

자신들의 노력 없이 이루어 낸
삶이 내 것일 수 있을까?
자존심 상하지 않는가?
빌어서 얻어낸 내 삶이!

점은 점이지만
점은 찍힌다.
그 점 또한 내가 만들어 찍을 수 있다.
바램으로 삶을 살기보다.
바르게 사는 법을 알고
빛나는 나의 인생의 점을 찍어가길
소망합니다.

## 서로를 위해~

2023. 1. 24.    23:56

그대의 눈으로는
그대의 모습은 볼 수가 없어
상대를 보며
그대의 모습을 발견할 수 있어요.

그대의 눈을 예쁘게 쓴다면
상대의 예쁨만 보이겠죠.
그대의 눈을 아프게 쓴다면
상대의 아픔만 보이겠죠.

그대의 눈을 잘 써보세요.

그럼 그대가 보일 거예요.

상대의 모습에서
그대를 보았을 때
상대를 아끼고 사랑할 수 있을 거예요.

서로를 위해
아끼고 사랑하는 사이가 되시길~

## 엄마가 된 청춘이여!

2023. 1. 25.　　23:58

청춘이여!
왜! 결혼을 하고
왜! 아이을 낳고
살아가나요!
아이 뒤에 숨어
아이를 위하는 척 어설픈 가면을 쓰고
나의 삶을 희생하는 척
나의 삶을 안주하며
"나"라는 청춘을 왜 포기해 버리나요!

아직 늦지 않았어요.
포기하기에는
당신의 청춘은 아름다워요.
힘을 내기가 어렵다고
이제 할 수 있는 게 없다고만 하지 말고
주변을 보면서 생각해 보세요.

이런 자신의 모습이
나의 주변을 어두운 빛으로
물들이고 있지는 않은지!
나의 아이들이

나의 포기한 삶 안에서
성장하고 있지는 않은지!
나의 배우자의 모습에서
나처럼 포기한 삶에서
살고 있지는 않은지!
그 안에서 나는 포기한 채 무얼 원하는지!
그냥 하루하루 살아가는 포기한 삶이
우리를 어떤 미래로 안내할 건지!
생각해 보세요!

포기한 채
아이 뒤에 숨어 사는
내가 과연
행복한 삶을 누릴 수 있을까요!
포기하지 마세요.
"나"라는 청춘이여!
나의 인생을 살아야 해요.
모르면 배우세요.
어떻게 살아야 하는지!
무얼 위해 살아야 하는지!
왜 그렇게 해야 하는지!

청춘이여!
당신은 누구보다 소중한 사람이예요.
힘을 내어 살아보세요.

당신의 인생을~

누구의 아내보다는

누구의 엄마보다는

"나"로~

시작해 보세요.

용기 있는 선택을 하신다면

분명 하늘은 당신의 선택을 응원할 거예요.

해울도 당신의 빛나는 인생을 응원합니다.

## 흔적이 기록이 되어~

2023. 1. 29. 0:21

나는 오늘 어떤 기록을 남길까?

오늘의 시간 속에 나의 흔적들이 있다.

내가 싫든 좋든 남아있는
나의 흔적들
나는 기록한다.

어떤 기록~을~ 한다.
흔적을 지울 수는 없다.

남아있는 흔적들~
기억하고 싶지 않은 흔적도
기억나지 않는 흔적도
기억나는 흔적도
내가 남긴 흔적들이다.

기록하고 싶은 것들만
기록으로 남기고 싶어
기록의 흔적을 남긴다.

기록하지 않은 흔적들도
나에게는 남겨진다.
기록이 없이도
나에게 남겨진 흔적들이
나를 힘들게 할 때
나는 지울 수 없는
나의 흔적들을 돌아보지 않고
다른 흔적을 남겨 덮어버린다.

그래도 지워지지 않는 흔적들이
곳곳에서 남겨져 있음을 확인한다.

어찌해야 하는 것인가?
어찌하면 흔적들로
자유로울 수 있는 것인가?

왜 흔적이 남는지를 알아야겠다.
왜 남겨진 흔적들이 모여
지금의 내가 되어있는지 알아야겠다.

지금부터 나는
내가 남긴 흔적들로부터
자유로워지기 위해 노력해 보련다.

앞으로 남길 흔적들로

미래의 나는
추억하고 싶은 흔적들이길 소망한다.

그대들이여!
흔적이 남는다는 걸 기억하세요.
그대들이
해울당에 물으러 오실 때
그대들의 흔적들로
앞으로의 결과들을 볼 수 있어요.
그대들이여!
흔적을 잘 남기시길 바랍니다.^^

# 친구가~

2023. 1. 31. 1:29

친구가 뭐냐고 물어온다.
친구는 왜 있어야 하냐고 물어온다.

친구들과 잘 지내야 한다고 한다.
친구들은 참 중요하다고 한다.

나이가 같으면 친구란다.
너무 좋아지면 친한 친구란다.
오랫동안 같이하면 절친한 친구란다.

친구가 되어가는 과정은 없다.
친구에서 헤어져가는 과정도 없다.

좋다가 싫다가 싸우다가 시기 질투하다가
오해하다가 또 좋다가 싫다가~ 반복하며
정이 들어간다.

왜 이러는지
우리는 알고 살아가는 것인가!

우리는 친구로 왜 만난 것인지!

친구가 되어 무얼 하는 것인지!
친구와 어떤 결과를 만나는 것인지!
모른 채
친구로 인연의 고리가 걸려 살아간다.

언제나 좋을 수 없는 사이!
친구!

나의 주변을 돌아보고
나는 친구가 있는지!
나는 친구를 어떻게 대하고 있는지!
나는 친구를 위해 무얼 줄 수 있는지!
나는 친구를 위해
나를 친구로 내어 줄 수 있는지!
나의 친구에게
나를 속인 채 바라고만 있지는 않는지!
생각해 볼 일인 것 같다.

친구!
"이제 필요 없어요."
하고 원망 섞인 답을 한다면?
"당신은 친구로 자격이 있는지 생각해 보세요!"
라고 되묻고 싶다.

나는 좋은 친구일까?

"생각해 보는 시간이 필요하다."고~

우리들을 위한 생각을 일으켜
지혜로운 친구가 되시길
소망합니다. ^^

## 특별한 당신

2023. 2. 4. 11:14

세상에 태어날 때
특별한 당신으로 태어난 그대여!

너무 특별해서
첫 번째 인연이 된 부모는
그대를 마냥 반가워할 수만은 없었어요.
미안해요.

말 없는 눈물로
시간을 보내는 부모여!
세상이 되어 바라보는 우리는
그대와 부모에게
미안해요.

처음 살아본 세상은
우리 모두 모르는 것들의 모두에요.
우리는 모르는 것들을
그냥 모르게 살아가는 것 같아요.
그래서
우리에게
미안해질 때가 많아지는 것 같아요.

당연한 듯
우리는 알려고도 하지 않는 것 같아요.
그래서 그대를 불편하게 보는 것 같아요.
미안해요.
그대를 보는 우리의 그냥을~
그대를 만나는 우리의 불편함을~

서로를 위해
서로를 사랑으로
인정하고 받아들이는
우리가 되어
서로를 이해하며 살아가는
반짝반짝 즐거운 우리 모두가 되어

처음 세상을 만나는 날!부터
특별했던 그대를
당연한 그대의 모습으로 볼 수 있는
세상이 되어
우리의 첫 만남이 기쁨으로 가득하길
소망해 봅니다.

그동안
우리 모두
그대에게
미안했어요.

그리고

그대를

우리는 사랑합니다. ♡

## 가정? 가족?

2023. 2. 6. 2:12

이렇게 살지는 몰랐다고
슬픔의 분노를 끌어안고
차마 아이에게는 보일 수 없어
집을 나와 방황하는 그대여!

다시 돌아가야 할 집을 향해
끓어오르는 슬픔의 분노를
핸드폰 저 너머로
토해내고 있네요.
차마 아이에게는 보일 수가 없는
아빠의 슬픔을~
핸드폰 너머로
그대의 아끼고 사랑했던 그녀에게
토해내고 있네요.

참 불쌍한 그대와 그녀가 되었네요.
어떻게 해야 할지 몰라
방황하는 그대여!
그대의 그녀도
아이를 지켜야 하기에
집안에서 방황하며

아픔과 불안으로
당신을 미워하며 원망하며
기다리고 있네요.

어쩌다 사랑하던
그대와 그녀는
서로를 위하지 못한 채
서로에게 바라기만 하는
사랑을 하고 있나요?

다시 생각해 보세요.

다시~

왜 이런 세월을 살고 있는지…

우리의 아이들도
그대와 그녀의
방황하는 세월을
함께 하는지도 모르게
배우고 흡수해가며
아이는 그대들처럼
방황을 시작하고 있다는 걸
왜 모르고 그대들만 생각하나요!

서로를 위해
서로의 행복을 위해
함께할 수 없다면
정리할 시간을 가져보세요.

함께 하려면
어떠한 노력이 필요할까요?
누가 먼저 해야 할까요?
누가 먼저~

다시 시작할 수 있는 시간을 가져보세요.

그대와 그녀!
그리고
아이가

행복한 가족이 되시길 소망합니다.

## 눈물병

2023. 2. 8. 2:00

큰 병이다.
눈물병ㅜㅜ

흐르는 눈물을 어찌 막으려고 하나
그냥 흘려 내야지~

흐르는 눈물도 인정 못한 채
살아온 세월들을 무릎 꿇게 만드는 눈물
네가 힘이 더 강하다는 걸 요즘 들어 느낀다.

냉정했던 나의 과거 속 얼음덩어리들을
녹여 내리는 눈물들
참 맑고 맑은 액체~
이게 뭐가 그렇게 보이기 싫어
흘리지도 못하고 안으로 삼켜
콧물이 되어 흐르게 했을까!
흐르긴 흘렀구나~

눈물로 온전히 흘렸으면
지금처럼 눈이 힘들지 않았을 텐데~
지금도 늦지 않았으니

많이 흘려보자!

나처럼 흘려야 할 눈물이 있을
그대들도 흐르는 눈물의 의미가 있으니
흐르는 눈물과 마주하시길~^^

눈물병 고칠 수 없을 것 같다.^^

## 오늘을 산다.

2023. 2. 14. 3:15

나는 오늘도 오늘을 산다.
그대들도 오늘을 산다.
우리는 오늘을 산다.

어떤 오늘을 살고 있을까!
나의 오늘은 같은 일상 속 다른 오늘을 산다.

함께 오늘을 살아준 그대들이여!
그대들의 오늘 속에서 나는 함께 있었다.

좋든 싫든 함께한 오늘 속 어떤 오늘을 살았을까!
어떤 오늘일까!

사연들과 함께 감정을 일으켜 많은 생각을 안고
해울에게 그대들은 온다.

나는 같은 오늘을 살고 있고 너무 다른 그대들의 오늘을 산다.

그대들의 오늘 속 나는 어떤 오늘이었을까!

나의 오늘 속 그대들은

너무도 아프고 어리석고 답답하고 죽을 만큼 힘들어하는 오늘이었다.

그대들의 오늘 속
해울은 그대들을 위해 살고 싶다.

그대들의 오늘을 함께해서
그대들의 내일을
즐겁게 맞이할 수 있도록 해줄 수 있는
해울이고 싶다.

나의 오늘은
그대들의 오늘을 위해 살고 싶다.

그대들이여!
해울의 오늘 속에 찾아와 주셔서 감사합니다.

그대들의 오늘이
빛날 수 있으시길 소망합니다.

## 탓이 재미가 되어 행복하시길...

2023. 2. 17. 3:36

나와 함께하는 그대에게 나는 말을 한다.

그대는 함께하는 나의 말을 들어준다.
그대여 고맙습니다.
이제 시작해 볼까요!

하늘은 시때에 따라
그대의 부족한 부분을 공부하고 채울 수 있는
시간과 환경을 주면서 그대를 성장시킵니다.

우리는 살아가면서 사람이라는 상대와
매일 부딪히며 이야기를 만들며 살아갑니다.

사람이라는 상대가 없다면
"나"라는 사람이 어떤 행동을 하는지!
상대를 어떻게 대하며 살아가는지 알 수 있을까요?

이런 사람!
저런 사람!
다양한 사람들을 상대하며 이야기를 만들어 갈 때
나의 실력이 얼마만큼인지 알 수 있지 않을까요!

그대가 알고 있는 지식은
상대를 대하는 데에는 한계가 있어
대처하고 처리할 수 있는 행동의 실력이 부족할 수 있어요.

그대여!
그대의 상대들이 불편하다고
상대 탓만 하고 있을 건가요!

그대 앞에 있는 상대들과
부딪혀봐야 알 수 있고,
무엇인가 해봐야 알 수 있어요.

그대의 인연으로 걸린 상대를 만나야
그대가 상대를 함부로 대하는지 아닌지를 볼 수도 있고
"내가 저 사람을 어떻게 대하면 좋을까?" 하는
생각을 일으켜 볼 수도 있지 않을까요!

상대를 대하며 경험으로 얻은 수많은 정보들이
그대에게 처리할 수 있는 실력이 되어
상대를 대하는 그대의 모습 속에서
그대의 부족함도 잘함도 잘난 척도
좋아지고 있는지!
좋아졌는지!
알아차릴 수 있는 그대가 되어
성장의 길을 걸으실 수 있으실 거예요.

모든 그대의 환경을
회피하지 않고 바라보면서
감사합니다!
“제가 한번 공부해 보겠습니다”로
생각하고 경험하며 성장해 간다면
그대가 보지 못한
여러 세상과 사람들을 만나면서
재미를 알게 되는 날을 만나실 거예요.
그때는 좋았다가 식어버린 싫다를 만나며
좌절하고 아파하는 그대는 못 만나실 거예요.

그러다 보면
재밌는 그대가 되어
사람들에게 인기 있는 그대를 만날 거예요.
그러다 보면
인기 있는 그대는
그대의 사람들과 즐거운 시간을 보내며
기쁨의 순간들을 추억으로 간직할 수 있을 거예요.
그러다 보면
상대를 대하는 실력이 쌓인 그대는
많은 것들을 경험하며 일어난 그대의 환경 안에서
행복을 만날 수 있을 거예요.

재미없어 벗어나려는
그대의 환경을 잘 돌아보세요.

그대의 재미있는 삶이 무엇인지
생각해 보세요.
어리석은 판단으로
그대의 환경을 쓰지 못하고
조금 더 낮은 자리로 갈 수도 있음을
생각하세요.

생각해 보세요.
그대의 행복을 위해!

## 생각. 다름.

2023. 2. 20.    23:28

나만의 생각

나의 생각이 남의 생각이길 바라는 그대들이여!
왜 그렇게 생각하나요?
남의 생각이 나의 생각이 아닐 때가 많을 텐데
왜 그렇게 생각하나요?
남의 생각이 알고 싶지는 않나요?
알고 싶지 않아도 괜찮아요.
그러니
남의 생각도 있다는 것만이라도 알아주세요.
나만의 생각으로 살다 보니 답답할 때가 많았을 텐데
아직도 눈치채지 못했나요?
주변을 보세요.
힘들어하는 그대들의 상대들을…

늦지 않았어요.
기다리고 있어요.
서로 다른 생각을 하며 함께 할 수 있어요.
꼭 같은 생각일 때 함께 하는 건 아니예요.
우리는 함께 할 수 있어요.

## 선택. 길.

2023. 2. 26.　　　12:26

힘들 길을 선택한 적이 없었는데~
힘들어 지친 그대가 되어
선택한 길을 원망하며
해울에게 찾아옵니다.

나는 잘해보려고 했는데
나는 잘못이 없다고 하며
선택한 길 안에서 나는 잘했다고 합니다.
그리고
그대는 힘들다고 합니다.
다시는 가고 싶지 않다고 합니다.

그 길은
그대가 선택한 길입니다.
그리고 미안하지만
그 길은 그대가 힘든 길로 만들었습니다.
그 길을 가기 전 준비는 되었을까요?
그 길을 어떤 길로 만들길 원했나요?
그 길이 나를 어떻게 대해주길 바랬나요?
그리고
그 길에서 수많은 인연들과 함께하면서

어떤 노력을 하였나요?
생각나지 않나요?
다시 생각해 보세요.
그대의 선택한 길에서
인연들과 어떻게 지냈는지를…

우리는
나도 모르게 나의 상대들에게
상처를 주며 살아갑니다.
그 상처가 뭉치고 뭉쳐서
큰 상처가 될 때
서로를 미워하고 원망하면서
절대 서로를 놓아주려 하지 않으면서
또 서로를 탓하며 비난하며
선택한 길에서
상대만의 잘못으로 만들어 버립니다.

답도 없는 길에 서 있는 그대들이여!
내가 먼저 뭘 잘못했는지
알아볼 수는 없을까요!
조금만 천천히 그대의 길을 돌아보세요.
그 안에 나의 잘못만을 정리해 보세요.

분명 누구의 탓도 아님을
알 수 있을 거예요.

우리가 너무 모르고
준비 없이 그 길 안에서
함께 가다 보니 일어난 일들인데
다 알고 가는 것처럼 가다 보니
선택한 길과 상대들에게 오해의 결과를
만들어 힘들어하고 있지 않을까요?

힘들어하지 말아요.
천천히 함께 풀어 나갈 수 있어요.
혼자는 할 수 없는 것들이 있어요.
그대가 먼저 시작한다면
돌아가고 싶지 않던 그 길이
돌아갈 수 있는 길이 되어
그 길에서 그대는
즐거운 길을 만들어 행복할 수 있을 거예요.

그대의 길을 응원합니다. ♡

## 미움의 길

2023. 2. 28.　　11:23

미움이 우리에게 즐거움으로 인도할 수 있을까요?

미움으로 서로를 바라보며
살아가는 우리를 보며
오늘도 미움으로 열심히 살아간다.

어디서부터 잘못된 것일까?

애써 나는 미워하는게 아니라고 말한다.
죽일 듯 밉다고 말해놓고!
그리고 서로를 위해서라고 말한다.
그리고 또 미워할 수밖에 없다고 한다.

그래 끝까지 가보자.
어쩔 수 없이 살아야 한다는 이유로
미움으로 서로를 응원하며 살아본다.

시간은 간다.
우리가 쓰는 시간은 세월이 되어
미움의 기록들로 쌓여간다.
많은 시간은 미움이 덮여

즐거움의 기록마저 지워버린다.

그리고
미움은 큰 덩어리가 되어
무서운 증오가 되어있다.
이제 증오는
서로를 돌아설 준비를 하게 한다.

너를 위해 미워했다는 없어지고
너 때문에 다 망쳐버렸다는
증오가 폭발한다.

우리는 이러려고 함께 한 것인가?

서로를 위해 이별하는 게
서로를 위함이 아닐까?
노력하면 된다고 말한다.
그리고 시간은 또 간다.

원점으로 돌아간
우리는 또~~~
이별과 노력 사이에서 갈등하며
서로의 이기적인 이익으로
아닌 척 또 포장을 입혀
서로를 위한다고 하며

그냥 이별보다는
말뿐인 노력을 선택한다.

불쌍하고 어리석은 우리들이여~
왜 이별을 해야 하는지
왜 노력해야 하는지
생각해 보세요.
그리고
어떻게 이별을 하고
어떻게 노력해야 하는지
알아야 해요.

답을 정해놓고 서로를 미워하지 말고
답을 찾을 수 있게 풀어가야 해요.

어떻게 해야 하는지 잘 모르겠는데
하고 싶은 생각이 든다면
용기 있게 먼저 시작해 보세요.

해울도 함께 도와드리겠습니다.

서로 아끼고 사랑하며
즐거운 길이 되어
행복한 우리가 되는 날을 소망합니다.

## 나!

2023. 3. 6. 0:55

나는 생각한다.
나는 누군가의 생각을
이해하기 위해
관찰하고 생각하고
이해하기 위한 준비를 해본다.
누군가를 위해~

나는 나의 생각으로 관찰하고
이해하려 하지 않기 위해
또 나를 돌아보며 생각한다.

나의 생각이 어리석어졌을 때
누군가의 삶을 위해
살 수 없음을 알고 있다.

두렵고
두렵고
두렵다.

사연을 품고 오는

인연들을 위한
삶의 무게가 두렵다.

누군가를 만나고
이해하는 이 작업이
나의 업의 무게만큼
와있음을 알고 있다.

그리고
받아들인다.

아버지!
저의 분별로
누군가를 바라보지 않게 하시고,
저의 어리석음이 올라와
생각의 못남이 일어나지 않게 하시고,
누군가를 위한
지혜의 말이 나올 수 있도록
저를 살피시고 이끌어 주십시오.

온전히 누군가를 위한 삶이 되게 하소서.

## 기쁨~♡

2023. 3. 12.　　　4:03

우리는 오늘 기쁨을 맞이했다.
혼자가 아닌 함께 기쁨을 맞이했다.

기쁨의 축복을
함께한 이날의 소중한 추억을 안고
각자의 자리로 돌아간다.

기쁨은
혼자 할 수 없음을 알았다!

기쁨은
각자의 삶의 과제를 풀어가면서
함께 나누며 이루어 가면서
즐거움의 시간을 만들어 갈 때!

서로서로!
토닥토닥! 해가며
즐거워질 때!

그 즐거움이
겹겹이 쌓이고 쌓이고 쌓여

서로를 향한 토닥토닥이
충만한 즐거움을 만들어 낼 때!

우리는 각자가 아닌
함께 기쁨을 이룰 수 있었다.

기쁨!
생각만으로도 행복했다.
오늘 우리는
행복으로 갈 수 있는
기쁨을 알게 되는
소중한 시간을 함께했다.

기쁨의 날!
이룰 수 있도록 이끌어 주신
우리의 스승님께 감사드립니다.

## 그들의 더러운 손! 그대의 자유!

2023. 3. 13. 1:45

더러운 손!

더러운 손으로 더럽혀진 그대의 육신이여!

육신의 상처인 줄만 알던 그대가

영혼의 깊은 상처임을 알았을 때

고통 속에서

하루하루를 보냈음을 모르고 몰랐습니다.

그대의 고통이 아픔이 되어

영혼의 문을 닫고

살아가고 있었음을 모르고 몰랐습니다.

아픔을 아는 그대가

왜!

그냥 살아야 했을까요!

왜!

소리도 낼 수 없이 살아야 했을까요!

더러운 손은

그냥 또

더러운 손으로 살아가는데

그대는 왜!

소리 없이 아픔으로 살고 있을까요!

그대도 더러운 손이 될 수는 없었나요!

고통이 아픔으로 된 삶을 만들어 가는데
복수는 그대의 삶 속에
만들어 볼 생각조차 할 수가 없었다고
겁에 질려 소리조차 내지 못한 채
숨죽이며 살다가
이렇게 가슴속에 묻어둔
어둠의 아픔을 꺼내놓으며
소리 없는 눈물로 말해옵니다.

그대여
용기도 없어도 되고
복수도 하지 않아도 됩니다.

우리는 그 안에서
그대의 아픔의 "왜!"를 찾는
여행만 떠나봅시다.
그대의 아픔을 푸는 여행이
그들의 더러운 손을 부숴버릴 수 있습니다.
다시는 더러운 손을 떠올리며
아파하지 않을 수 있습니다.

그때의 더러운 손들은
내가 굳이 내 손을 더럽혀 알려주지 않아도
그때의 그들의 손을 알고 있습니다.
분명 더러운 손을 씻고
아닌 척 살아가고 있을 겁니다.

평온과 안정된 삶은
그들에게는 없을 겁니다.
그러니
미움도 복수도
그대의 손으로는 할 필요가 없습니다.
이미 불안한 그들은
지옥의 삶을 살고 있을 겁니다.
그래서
그대 앞에 나타나지 못하고 있을 겁니다.

내 삶의 과정 중 일어난
나의 문제로만 보시고
그대의 문제만
왜 일어났는지 풀어가 봅시다.
그리고 우리는
자유로운 삶을 만들어 살아가 봅시다.
힘내세요!
그대처럼 그대 앞의 해울도
그러한 삶 속에서 자유를 만났습니다.
그대도 해울처럼
자유의 삶을 살 수 있는 모습이 그려집니다.
그대의 빛나는 삶을 위하여
문제를 풀어가 봅시다.
다시 한번 힘내세요.

## 답은 인연...

2023. 3. 16. 18:26

당신의 급함에
당신의 기회를
보지도 듣지도 누리지도 못한 채
살아가는 젊은 날!

급함을 모르고
당신의 시간과 당신의 생각을
논리적으로 답을 내어
세상을 바라보고 살아가니
당신의 삶이 계획한 대로 살아지던가요?

급함에 놓쳐진 많은 것들이
이유가 되어
삶의 계획이 틀어져 있음을 알아야 하는데
그 또한 들리지 않으실 거예요.
미안합니다.
도움이 되지 못해서~

그래도
조금이라도 들리신다면
앞으로는 당신이 계획한 대로

다 이루어질 수 없음을 인정하시고~

내 앞에 일어나는 많은 환경은
이유가 있음을 받아들여 보세요.

그리고
한숨 돌려
다시 주변을 돌아보세요.
소중한 당신의 인연들의 말을 들어보세요.

당신의 똑똑한 주장이
소중한 인연들에게 무슨 짓을 하고 있는지~

아직은 모를 거예요.
조금만 있으면 알게 될 거예요.

당신 앞에 있는
사람들이 점점 싫어질 때가
소중한 인연들이 떠나갈 준비 중임을
알아야 합니다.
그럴 때 눈치채셔야 합니다.

그 시간을 놓치면
참 많이 후회하실 거예요.

생각한 대로는 삶이 살아지지는 않지만
생각보다 삶은 간단한 답을 내면서 살 수 있습니다.

화내지 마시고
짜증 내지 마시고
억울해하지 마시고
걱정하지 마시고
불안해하지 마시고
서두르지 마시고
급하게 당신의 인생을 점치지 마시고

당신의 인생길을
한 번쯤은 돌아보시고
앞으로
내 옆의 인연들을 어떻게 대할 것인가!
생각하는 시간을 가져보세요.

당신의 급한 답답함은
인연들을 바르게 대할 때 풀릴 수 있습니다.

답은 나왔지만
받아들이고 인정하고 노력해 보는 것은
당신이 하셔야 합니다.
미안합니다.
도움이 되지 못해서~

## 투명한 당신에게...

2023. 3. 18.　　　1:28

자책으로
자신의 모습을
쓰레기로 만들어 버린
당신을 어쩌면 좋을까요!

다시 자신을 보세요.
오해 없이 편견 없이
당신의 모습을 보세요.

주변을 보지 마시고
자신부터 챙겨보세요.

당신을 함부로 대하지 마세요.
당신의 마음을 보세요.
원하는 것과 원하지 않는 것 사이에서
늘 주변을 의식하며 살아야 했던 당신은
스스로 자신을 낮은 자리로 내려가
자책을 선택해버린 날들이 쌓여서
주변의 모두를 무시하는 씨앗을 만들어
당신이 어떤 상태인지도 모르게
쓰레기 취급하는 당신의 모습을 만들어버렸네요.

더럽다 생각하니 주변을 보는 시선도
곱지 않아 스스로 또 자책으로 쓰레기가 되어가네요.

돌아보세요.
당신부터 챙겨보세요.
투명한 당신의 마음을 보세요.
조금은 어색하겠지만 투명함을 드러내보세요.
우리는 당신의 투명함을 알고 있어요.
그리고 기다리고 있어요.
자책으로 가려진 당신의 투명한 마음을 인정해 보세요.
쓰레기가 아닌 투명한 보석으로 살아가 보세요.

당신의 인생길을 응원합니다. ♡

## 외톨이?

2023. 3. 21.　　23:29

내 방법대로 사는 삶!

내 방법대로만 살다 보니
내 앞의 인연들과 살아가야 하는 날이 왔을 때!
많은 상황들 속에서
힘들어하는 일들이 일어납니다.
내 방법이 인연이 된 상대의 방법과
다르기도 하고 같기도 합니다.
같을 때는 좋다가 다를 때는 불편해합니다.

이 사회에서 혼자 살아갈 수만 있다면
내 방법만 알고 살아도 힘들어하는 일들은
일어나지 않을 텐데...
함께 살아가야 할 사회 속에서는
상대의 방법도 있다는 걸 모른다면
힘든 결과들이 기다리고 있습니다.
또 상대의 방법을 알았더라도
내 방법만 주장하면서
내가 원하는 쪽으로 끌고 가려고만 한다면
내 삶 속의 인연들이
어느 순간 나도 모르게 떠나버립니다...

눈치 없는 나만 모르고
인연들은 고집 센 나를 알아보고
두 번 다시는 내 옆에 오지 않으려고 합니다.
결과는 나왔는데 나만 모릅니다.

어떻게 살고 싶으신가요?
고집부리면서 주장만 하는 나의 방법이
상대들은 싫다고 합니다.
아무도 그런 말 한 적이 없는데…
왜! 당신은 그렇게 생각하냐고 묻는다면…
당신의 상황과 주변 환경을 둘러보면
알 수 있을 텐데…라고 말해봅니다.

뭔지도 모르고 내 방법만 맞다고 살다 보니
진짜 모르는 무식쟁이가 된 당신은
답답하고 짜증이 나고 화가 나서
당신의 분노를 누르지 못한 채
저에게 찾아와 앞으로의 삶이
어찌 될지에만 궁금해하면서
자신의 원하는 대로의 답을 물어옵니다.
저는 원하는 답은 해줄 수가 없습니다.
이렇게 모르고 사는데
당연히 더 외로워지겠죠.

당신의 상대들에게 내 방법만 주장하는데
무슨 일이 일어나고 무슨 결과를

만날 수 있을까요?
점점 더 아무도 없이 나 혼자만 있을 텐데...
그래도 왜 그러는지 알려고도 하지 않는다면
짜증 많고 고집 세고 상대들만 비난하는
당신으로 살아가겠죠.
그런데 무슨 밝은 미래를 바라는 건지...
참 안타깝습니다.

알아야 하는데 묻지는 않고
다른 답만 원하는 당신을 보며
우리가 사는 세상의 수많은 당신을 봅니다.
우리는 당신처럼
어리석은 고집쟁이로 살고 있지요.
자기주장만 하면서
서로에게 바라기만 하고
한치도 양보 없이 나만 맞다고 하면서...

왜 이렇게 살아야 할까요?
조금씩 서로의 방법이 있다는 걸
인정하고 들어보려고 하고
그 방법도 한 번쯤 경험해 보는 건 어떨까요!
새로운 내 방법으로 쓸 수도 있는데...
그 부분에서는 정말 게으르게도
수동적인 우리의 모습으로 살아갑니다.

다시 돌아갈 수 있는 과거의 삶이 있다면

우리는 다른 방법을 선택했을까요!
그렇다 해도 우리는
또 힘들어할 수밖에 없는 삶을
살고 있을 것 같습니다.

"왜!"가 없는 방법들은 우리에게
서로를 이해하며 서로를 존중하는 삶을
만들기가 힘들 것 같습니다.
왜! 그렇게 다른 선택을 하는지
왜! 방법들이 다 다른지
의논하고 풀어가야 하지 않을까요!
일방적인 나의 방법만 주장한다면
앞으로도
우리는 함께 살아가면서 혼자 사는
외톨이 아닌 외톨이로 살아가지 않을까요!

다시 깊이 있게 생각해 보는
우리가 되길 바래봅니다.
예언을 원하는 점이 무슨 의미가 있을까요!
내 앞의 인연들과
아무것도 나눌 수가 없는데...
인연들과 의논하고 나누는 방법부터
알아가 보는 건 어떨까요!
우리의 시작을 기다립니다!
우리 모두 파이팅!

## 헛된 꿈

2023. 3. 27. 2:22

미안합니다.

오래전에도 당신의 삶을 적나라하게 잘못 살고 있음을 말했었는데

오늘도 앞으로의 삶이 잘못 가고 있음을 말하고 있네요.

미안하고 죄송합니다.

당신의 진짜 인생을 살아가길 원하기에

오늘도 저는 악역이 됩니다.

위로와 공감과 친근한 칭찬을 해주기에는

당신의 나이가 많은 세월을 보내고

결과를 받아들여야 하는 나이가 되었기에

쓴소리일지라도 바른 소리로 당신이 깨어나길 바래봅니다.

그냥 흘려보내기엔

슬퍼질 당신의 삶이

누군가를 원망할 수밖에 없는 인생이기에

또 한 번 말해봅니다.

당신의 인생을 누군가에게 의지하며 맡겨버리지 말라고~

스스로 빛을 낼 수 있는데

왜 누군가를 통한 보상 받는 인생을 선택하려 하냐고~

아무도 당신의 인생을 보상해 줄 수 있는 누군가는 만날 수 없다고~

지금은 귀인으로 생각이 되어 만남을 유지하고 희망을 걸어보지만

헛된 꿈일 수 있다고~

누군가가 악연이어서가 아니고

당신이 내 앞에 오는 인연들을 대하는 태도들이
당신을 함부로 대할 수 있는 쉬운 상대가 되어 있음을 알아야 한다고~
말해봅니다.
과거의 당신을 돌아보는 시간을 충분히 가져야 한다고~
말해봅니다.
그리고 그 과거의 삶에서
당신의 약한 모습을 위로하고 보상받으려는 생각보다는
강한 모습의 당신이 되려면 어떻게 해야 할지부터 생각해 보라고
말해봅니다.
점쟁이가 점만 쳐주지 왜 그런 말만 하냐고 한다면
죄송합니다.
그래도 점만 쳐주기엔
당신의 인생은 너무 귀하고 소중합니다.
당신의 인생을 살기를 바라기에
자연의 흐름이 또다시 이곳으로 인도하지 않았을까요!
왜 저는 또 위로보다는 헛된 꿈을 안고 온 당신에게
쓴소리를 할 수밖에 없을까요!
듣고 싶은 어리석은 꿈을 못 들어서
허둥지둥 이 자리를 피해버리지 마시고
생각해 보세요.
누구의 인생이 아닌 당신의 인생입니다.
그 누구도 당신의 인생을 대신 살아줄 수 없습니다.
깊은 생각의 시간을 가져보십시오.
시간이 흘러 원망하는 삶을 만들어
다시 만나는 날이 오질 않길 바랍니다.

너무 죄송합니다.

아버지!
우리의 바른 삶을
누구에게나 알아차릴 수 있는
지혜의 날이 오길 소망합니다.

## 간절한 마음으로...

2023. 3. 28.   2:53

인연들의 마음을 대할 때~
나의 마음자리가 어디를 향하고 있는지 나의 마음을 바라본다.
그들의 마음을 풀어내어 나의 마음이 들어가길 바랄 때가 있다.
이 선택이 간절한 마음으로 나의 눈을 멀게 할 때~
간절함으로 포장한 나의 욕심의 마음을 드러낸다.
나는 또 어리석은 선택을 하고 씁쓸한 마음이 된다.
또 그랬구나~
나는 어리석은 씁쓸함을 감추기 위한 작업을 한다.
나도 모르게 선택했던 과거의 나를 돌아본다.
부끄럽다.
나의 못남을 한 번도 보듬어 안아주지 못한 채
방치했던 내가 누굴 위해 살겠다는 것인가!
그래서 또 가려진 나의 욕심의 마음이
어리석은 눈이 되어
간절한 마음으로 거짓 마음을 쓰니
내 스스로 씁쓸한 길을 만들어 냈다는 걸
받아들여 본다.
나부터 시작한 마음이
인연들의 마음으로 전해지는 줄도 모르고
인연들의 마음만을 위한다 했던 나의 잘못이
인연들에게 깊게 상처를 내어 아프게 만들어 버렸다.

잘못했습니다.
나만 간절했다 했던 나의 부족함들이
인연들을 멀어지게 만들어
다시는 내 앞에 올 수 없는 환경을 만들어 냈다.
용기는 인연들의 몫이 아닌 나의 몫임을 알아간다.
인연들이여!
내 상처만 아프다 하며 인연들의 간절한 마음을 보지 않고
돌아서게 만들어버려서 미안합니다.

아버지!
인연들을 아끼고 사랑하는 마음이 어렵습니다.
나의 마음이 욕심이 되지 않게 하시고
나를 드러내려 하지 않게 하시고
인연들을 위한 제가 되게 이끌어 주십시오.
간절한 마음으로 기도드립니다.

## 휴식

2023. 4. 3. 15:22

.

.

..

.

.

우리의 휴식은 어디서부터 일까!

쉰다.

멈춘다.

정리한다.

계획한다.

준비한다.

.

.

.

끝없이 생각한다.

휴식이 아닌 휴식을 하면서

나도 모르게 정체되어 간다.

그렇게 정지되어 있는 죽은 삶을 살아간다.

나도 모르는 사이

나는 죽은 삶이 되어

푸석푸석 썩어버린 육신과 영혼을 마주하게 된다.

알아차린 순간
나를 위한 방어의 눈물로 나를 지켜낸다.
살아야 하는 이유를 나열하면서 나를 보호한다.
그리고
들키지 않으려 나를 포장하며
삐에로처럼 웃어가며 가면의 삶을 살아간다.
목적 없는 삶을
이유 있는 삶으로 만들어 보려고
누군가를 찾아 헤맨다.

그러다
우리는 인연이 되어
살고자 하는 자와
살리고자 하는 자로
서로를 마주한다.
.
.
말을 하는 자와
말을 들어주는 자가 된다.
.
끝이 없을 것 같던 말하기는
끝이 난다.
끝을 정해두지 않은 듣기는
끝이 난다.
.

이것만으로도 우리는
살 수 있어진다.

하던 일을 멈추고
잠깐 나를 위한 쉼표를 찍고,
다시 돌아간 인연들~

이제 휴식이다.
주어진 이 시간이 감사하다.

## 그냥 사랑

2023. 4. 6.　　　1:20

아무것도 없는
아무렇지 않는
그냥 사랑할 수는 없을까?

수천수만 가지 바람을 가지고 하는 사랑들

미움을 품고 하는 사랑
오해를 안고 하는 사랑
억울함으로 하는 사랑
어쩔 수 없다 하며 하는 사랑
내가 가질 수 없는 것이 그들에게 있어 하는 사랑
내가 할 수 없는 것들을 그들이 이루어 줄 수 있을 것 같아 하는 사랑
편한 안식을 위해 하는 사랑
등등등…
그냥 사랑할 수는 없을까?
누구를 위한 사랑일까?
그들을 사랑하는 것처럼 하며
진짜 너를 위한 사랑이다 하며 살아간다.
그 안에서 머리를 굴리며
나를 위한 계산의 사랑을 한다.
행복한가?

아님 불안한가?
붙잡고 싶은 두려운 사랑으로 살아간다.
그냥 사랑할 수는 없을까?

사랑인데 증오로 품어 올려버린
부모 자식을 마주한다.

두려움으로 자신을 흔들어 버린 부모와
오해의 씨앗을 싹을 틔워 올려버린 분노한 자식...

어디서부터일까?
그들은 사랑했다.
그리고
지금도 서로 사랑하고 있다.

으르렁대며 서로의 사랑을 확인한다.
또 으르렁대며 옆을 지키는 사랑을 한다.

부모와 자식!
서로 사랑하는데

왜 사랑하는지!
어떻게 사랑해야 하는지!
알아가는 시간이 주어지길 기도한다.

각자의 시간을 가지며
서로를 위한 노력을 하시길 기도한다.

우리는 사랑을 어떻게 해야 하는지 모른다.
그리고 왜 사랑해야 하는지 모른다.
사랑하고 나면 무엇을 알 수 있는지 모른다.
사랑… 어렵다.
사랑으로 이룰 수 있는 많은 것들을 알 수 있는
지혜의 길문이 우리에게 열리길 소망합니다.

그냥 사랑하길…

## 대운!

2023. 4. 8. 2:38

반복한다.
각자의 몫의 어려움과 답답함으로
그리고
정해놓은 답을 말해주길 바라며 찾아온다.
나는 반복한다.
그들은 처음이었고
자주 오는 곳은 아니지만
나는 늘 반복한다.
답은 다 다르고
정해진 삶은 없이 흘러간다.
내가 말한 답도
신들이 내려주는 답도
다 진짜 답은 아니다.
그리고 가짜 답도 아니다.
그들의 답은
이미 그들의 진행되어 온 삶과
앞으로 살아가야 할 삶에서 정해진다.
왜! 내가 살아온 삶의 결과는 보지 않고
올해의 대운과 내가 가지고 태어난 운과 복에만 집중하는가!
대운이 들어 있어도 대운을 받을 삶을 살지 않고 있고
대운이 무엇으로 쓰이는지도 모르고 바라기만 하고

그다음 대운으로 인해 어떠한 과정 속으로 가는지도 모르고
달콤하고 편안한 대운 받기에 집중하는 건지,
대운은 알지 못하면 받지도 쓰지도 못한다.
정신 차리고 내가 살아온 세월을 돌아보자.
나는 대운 받을 인간인지~
나는 대운을 잘 쓸 수 있는 인간인지~
대운을 받으면 어떻게 살아야 하는지 모르고
대운을 받은 뒤 더 비참한 삶 속에서 헤매는 이들을 보지 못했는가?
정신 차려 내가 대운을 받을 만한 삶을 살고 있는지 살펴보자.
대운이 들어오더라도 잘 쓰지 못한다면
안 받고 그냥 흘려보내는 것이 좋을지도 모른다.
욕심으로 내가 쓰지도 못하고 챙겨버린다면
대운으로 나는 더 불행할 수도 있을 것 같다.
함께 사는 이 삶 속에서 진정한 대운은
나와 함께 행복할 수 있는 사람이 있다는 것이다.
대운!
우리가 사는 이 세상 속이 대운이다.^^

## 마녀들...

2023. 4. 10.　　16:55

이름 있는 마녀들!
이름 없는 마녀들!
세상 속 누군가를 보이는 대로 말해버리고
그것이 사실이 된 것처럼
세상에 퍼부어 버리는
우리들의 마녀들!
우리는 마녀가 되기도 하고
마녀의 사냥이 되기도 하는 것 같다.

나의 인생도 보이는 대로
세상 사람들에게 말해버린다면
나는 무슨 반응을 보일까!

분노와 억울함으로 반응할까?
그냥 가만히 힘들어할까?
한 번쯤 생각해 볼 일 아닐까?

각종 자유의 표현으로
나는 보이는 것들에 대해
깊은 이해도 통찰도 판단도 없이
예능 프로그램을 보는 것처럼
생각을 일으킬 틈도 없이
보이는 것을 사실의 답을 만들어

나에게 정보를 가장한 거짓 답을 내어준다.
나는 멍청한 사냥감이 된다.

나는 그래도 좋단다.

멍청한 나는
사실의 옷을 입은 거짓 정보를 가지고
내가 아는 듯 똑똑한 분노를 터트린다.

모든 내 삶의 근본적 어려움이
거기서부터 시작이 된 듯 떠들어댄다.

참 못났다.
참 무식한 나의 모습 속에서
나를 돌아본다.
그리고
그다음 나의 수동적인 삶을 마주한다.

과거 나는 이렇게 살았다.
지금도 이렇게 살고 있다.

어디서부터
이 답답한 삶을 풀어가야 하는 것인가?

내가 일으키는 생각도 보지 못하고
일으킬 생각조차 없는 나는 무엇이 필요할까?

보는 연습!

보였으면 왜 보였는지 내가 알아보자.
알아보았으면
정보로 내어놓은 답과 내가 알아본 답이
같은지 다른지 한 번은 들여다보자.
오해의 시작과 견해의 시작이
내가 하지 않고
어디서 그랬다더라…로 시작하는 것 같다.

내가 하자.
내가 하지 않고 세상의 거짓 정보에
휘달리는 삶을 살지는 말자.

나는 이렇게
세상을 죽일 수도 살릴 수도 있다.
나만 죽지도 않고
너만 죽어라 할 수도 없다.

바른 앎이란…
바른 생활을 하고
사회의 사람들과 우리가 되어
행복하게 살 수 있게 하는 시작이고 끝인 것 같다.

나는 "우리"고
우리는 "나"다.
함께 사는 동안 함께 즐겁기를 소망합니다.

바른 알 권리를 박탈당한 나에게 보내는 편지~

# 쉽지 않은 말 한마디!

2023. 4. 17.　　　23:09

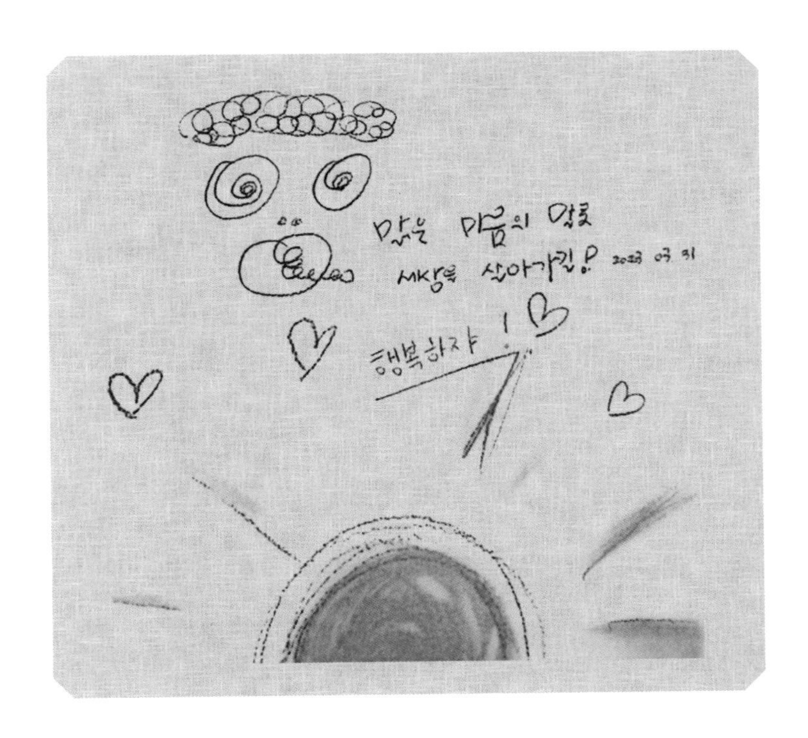


쉬운데…

참 어렵다.

말… 한마디…

시간 시간 우리는 말을 한다.

나에게는 쉬운 말을 하고

그대들에게는 어려운 말을 한다.

나에게는 듣고 싶은 말을 하고
그대들에게는 듣기 싫은 말을 한다.

착각 속에서
우리는 마구마구 말을 쏟아낸다.
누구를 위한 말인가?

서로를 위해 말했다고 한다.
그런 듯 들리겠지만 아닐 때가 있다.

듣고 있지만 듣지 않는다.

서로를 위한 말을 한다면

나를 위해 누군가가 말을 한다면

우리는 잘 들으려고 할 것이다.

나를 위한 말!
상대를 위한 말!
우리를 위한 말 한마디!
할 수만 있다면...
그렇게 된다면...

우리는 대화의 시작으로 들어설 수 있을 것 같다.

처음은 어색하겠지만
말로 떠들어대는
말 한마디 한마디가 모여
시장통이 아닌
서로를 위한
말 한마디 한마디가 모여
즐거움을 나눌 수 있는 대화로
우리의 기억을 채워가며
추억으로 남길 수 있을 것 같다.

지혜의 말 한마디로
서로를 아낄 수 있는 우리가 되길 기도합니다. ♡^^

## 어떤 감사

2023. 4. 19. 1:15

늘 가는 시간들 속에서
오늘을 기다리며 나에게 그들은 온다.
한 시간 두 시간을 훌쩍 넘기며 웃고 울다가
또 감사한 마음으로
다음을 기다리는 약속을 잡고
헤어진다.

나는 지친다.
나는 지친 나를 일으켜 세운다.
오늘도 그들은 나에게 온다.
지친 나를 일으켜 세운 그들은
또 나를 위한
감사한 하루를 만들어 준다.
어떤 감사가 이보다 값질 수 있을까!

나를 생각하며
나에게 오는 날을 기다리며
나와의 시간을
소중하고 설렘으로 창조해 내는
그들과 나는
감사한 오늘의 시간을 보내고

다음의 감사를 기다리며 헤어진다.

서로를 위해 노력하는 삶을 만들어 가는 우리에게
감사한 시간이 늘 주어지길 기도합니다.

## 뽀로로... 아는가...

2023. 4. 20.　　1:01

다~
안다고 하고
모르고 세상을 본다.

우리는 본다.
그리고
어느 때 분노를 쏟아낸다.
나의 분노인가!
아님
세상이 보여준 정보들로
조작되어 버린 분노인가!

우리를 분노하게 만드는 세상은
왜 그렇게 하는 것일까?

안다고 하면서
모르는 분노를 한다.
어리석은 우리의 우리들이다.

난 더 이상 이렇게 살 수가 없다.
왜 모르는가!

우리가 모른다는 걸!
우리는 알면서 모른다.
모르면서 아는 척하는 세상을 살아간다.

함부로 말해버린다.
모르니깐...으로 살기에는
우리에게 주어진 이 시간이 참 안타깝다.

알자.
알고 말하자.
알고 대해보자.
알면 우리는
누구든 색안경을 쓰고 보지는 못할 것이고
누구든 함부로 입을 대지는 못할 것이다.

수없이 쏟아지는 정보들 속에서
그냥 입을 대지 말고 이유 있음을 생각하자.

우리는.
모두.
누군가의 소중한 부모이고 자식이고 가족임을 생각하고 살자.

아버지!
서로를 이해할 수 있기를 기도합니다.

## 2023. 4. 20.(음) 3. 1. 시작한다.

2023. 4. 20. 1:19

나는...

마흔다섯 살을 시작한다.

누군가의 그늘이고

누군가의 쉼터이고

누군가의 방패이고

누군가의 그림자로

나는...

시작한다.

오 년 전

나는 지금의 시작을 알았을까?

오늘의 나.

내일의 나.

앞으로의 나를 있게 해준

어제의 나에게 말해주고 싶다.

고맙다고~

고생했다고~

그 수고를 잊지 않겠다고~

또 가보자~

나!

시작!

인연들을 위해…

## 말. 사람.

2023. 4. 25. 1:59

할 말이 많은 사람
할 줄 아는 말이 많은 사람
해줄 수 있는 말이 많은 사람

어떤 말일까?
나는 어떤 말을 하는 사람일까?

왜 할 말이 많을까?
왜 할 줄 아는 말이 많을까?
왜 해줄 수 있는 말이 많을까?

말!
어디서부터 시작해서
어느 곳으로 끝이 날까?

할 말이 많아서
내 것만 말을 하고
내 앞의 상대가 어떻게 듣고 있는지를 모른다.

할 줄 아는 말이 많아
끝도 없이 할 수 있는 한

쉼표도 없이
내가 아는 것만을 말을 하고
내 앞의 상대가 어떻게 듣고 있는지를 모른다.

해줄 수 있는 말이 많아서
숨도 쉬지 않을 만큼 조용히
내 앞의 상대의 말 할 수 있음을 기다려준다.
그리고
내 앞의 상대의 말을 겸손한 마음을 내어
다 쏟아져 나올 때까지 들어본다.

그리고
우리는 서로의 말을 들어보며
시작이라는 대화의 방으로 들어가
즐거움을 경험해 본다.

즐거움의 기록이 모여
"말!"의 소중함을 알아간다.

상대의 말이
나를 가슴 뛰는 행복으로 초대한다.

나를 일깨우시는 나의 스승님!
감사합니다.

## 한발의 청춘의 용기

2023. 4. 28.　　　2:47

용기는 있는

청춘이여...

한 발짝 걸어가면

한 발자국이 남겨지고

또

한 발짝 뛰어가도

한 발자국은 남겨지고

또

한 발짝 건너뛰어도

어김없이 한 발자국은 남겨집니다.

태어난 순간부터

우리는 자국자국을 남기고 청춘이 되어갑니다.

그 자국이 싫어 외면하지 않는 청춘이여!

당신을 설레는 마음으로 응원합니다.

## 누군가의...?

2023. 4. 30. 11:35

내가 본 세상과 당신이 본 세상이 다를 때
우리는 그 상황 상황에 따라 코에 걸듯 귀에 걸듯
다르다고 좋아하고 다르다고 싫어한다.
뭘까? 왜? 좋다고 하고 싫다는 걸까?

서로 잘했다 하며 싸울 준비가 된 신호를 보낸다.
이기고 지고의 순서도 없이 이기려고 안간힘을 쓴다.
양보 없는 싸움은 시작된다.

무엇을 위한 싸움일까?
너를 위한 마음으로
우리를 위한 마음으로
시작한 끝나지 않을 것 같은 싸움은
너와 우리는 눈치채지 못할 만큼 완벽한 시간들 속에서
누군가의 욕망이 채워지는 찰나의 순간
반대의 누군가를 더 증오하며 원망의 불덩이를 만들어 허무한 끝을 낸다.

다음 싸움의 불씨를 남겨둔다.
절대 끝낼 생각이 없다.
왜?

누군가의 욕망은 또 일어나기에
너와 우리가 그 불씨를 들고 살아간다.
누군가의 욕망이 필요한 시간이 돌아올 때
너와 우리를 위한다는 누군가는
누군가를 위해 너와 우리를 조롱하듯 이용해 버린다.

너와 우리는 나인가?
아님
누군가가 나인가?

필요에 의한
~위한다는 가면 속 나는 누구인가?

너와 우리 그리고 누군가는
각자의 욕심과 욕망과 그리고 탐욕을 위해
함께가 되어 억울한 인생을 만들어 살아간다.

억울한 인생 속 얻은 것은 무엇이고
원망 많은 인생 속 남은 것은 무엇일까?
반복되는 이 삶이 맞게 살고 있는 것일까?

고요한 내가 되어 생각해 보자.
이렇게 살 것인가?
다른 삶을 살 것인가?
다른 삶을 산다면 어떻게 살 것인가?

나는 다른 삶을 선택하고 싶다.
그리고 어떻게 살 것인가에 대한 시간을 가져보련다.

아버지!
삶의 주체가 되어
어리석은 주장으로 나의 삶을 살지 않도록
이끌어 주십시오.
내가 주인공인 삶이 되어
빛나는 인생을 만들어 내는 내가 될 수 있도록
이끌어 주십시오.

## 충분한 설명이 없는 당신!

2023. 5. 2. 2:06

어쩜 그렇게 당신만 생각하나요!
당신이 다 맞는다고 생각하는 건가요?
맞다 틀리다로 당신만 열받았다고 생각하나요?
뭐가 그렇게 틀렸나요?

틀리다고 답이 나오나요?
맞는다면 어쩌려고 그러는 건가요?
당신만 불편한가요?
당신만 피해자인가요?

처음의 시작을 왜 했는지 생각해 보세요.
내가 원하는 무언가가 있기에 시작하지 않았는지~
무언가가 있음을 알았다면
이제
내가 무엇을 잘못해서 열받는지 생각해 보세요.
당신의 이유를 찾아야 해요.
열받은 당신의 잘못만 보세요.

보이시나요!
안 보이시나요?
당신은 열받을 수밖에 없어요.

당신의 이유를 설명했다면 그런 일은 만들어지질 않았을 거예요.
충분한 설명이 없는 당신!
내가 이만큼 했으니깐 당연히 그렇게 해주겠지 하는 당신!
나도 해주니깐 똑같이 해주겠지 하는 당신!

조금 보이시나요?
당신은 열받을 필요가 없다는 걸
당신은 피해자가 아니라는 게 보이시나요?

잘 풀어가 본다면 서로를 이해할 수 있을 거예요.
그리고 서로 아끼고 사랑할 수 있으실 거예요^^

잘 정리해 보세요.

## 짱돌...

2023. 5. 10. 0:23

짱돌 하나씩 들고 사는 우리들

언제든지 던질 준비를 한 듯
조그마한 티끌을 보여준다면
가차 없이 던진다.
누구 하나 할 것 없이 짱돌이 되어
자신이 무슨 짓을 하는지도
모른 채 던져버린다.

나 또한 생각할 틈도 없이 짱돌이 된다.
우리는 어쩌다 짱돌이 되었을까?
누구를 위한 짱돌인가?

짱돌에 맞은 우리는 어디에서도
고개 들지 못한 채 숨죽여 살아간다.
그리고
분노한 짱돌이 되어간다.

이렇게 살아도 되는 것인가?
자유롭게 자유를 억압받는다.

이제 그만하자.

서로를 위해 사는 우리가 되길
소망합니다.

## 광대. 살아낸다.

2023. 5. 13.　　15:22

아버지시여!
저의 마음의 소리가 들리시나요!
저는 며칠 전 저를 또 보았습니다.
누구도 아끼고 사랑할 수 없는 상태의 저를...
당황스럽고 두려웠습니다.

나는 그렇게 살아야 하는 것이
나의 모든 것이라 생각했는데
내 안의 그대들의 모습은 그대로 존재하는데
그대들을 향한 나의 마음이 움직이질 않음을 보았습니다.

물 한 모금 마실 수 없는 나의 상태가 되어 알았습니다.
나의 조그마한 큰 구멍을 발견하며 감사했습니다.

저를 보고 계시나요?
나의 아버지시여!
내 육신이 닳아지도록 닳고 있는 나를 보면서도
나는 그렇게 살아야 한다고 생각했습니다.

나를 보호하시는 아버지의 마음으로
저는 잠깐 저의 육신의 아픔을 경험하며

누구도 아낄 수 없는 저를 확인했습니다.

나를 돌볼 시간과 마음을 내어야 함을 알게 되었습니다.

그대들에게는
수도 없이 나부터 사랑하셔야 하고
나부터 아낌을 경험하셔야 한다고 말하면서
나를 돌보지 않는 내가 누굴 아낄 수 있을까요?
감사합니다.
알 수 있는 저를 만나게 해주셔서
저를 깨우칩니다.

그대들을 위해
저를 한번 돌아봅니다.
나의 웃음이 그대들의 힘인 줄로만 알고
광대가 되어갑니다.
착각의 경험이 나를 두드려
그대들의 웃음을 보아야 내가 살기에 애썼던
광대가 되었습니다.
광대가 좋았습니다.

다시, 시작합니다.

광대로 사는
저를 위한 광대가 되어

그대들의 웃음에

저를 살려

저는 힘 있는 큰 광대가 됩니다.

그대들이여!

함께 할 수 있어 감사합니다.

이 삶의

기쁨을 알게 해주시고

가르침 주시는

나의 스승님께 감사드립니다.

## 간절했던 순간…
## 스승을 만날 수 있었습니다.

2023. 5. 15.　　13:33

간절했던 순간…
스승을 알아볼 수 있게 했던
나의 모든 환경들에 감사드립니다.

스승님! 감사합니다!

들을 수 있게 해주시고
알게 해주시고
인정하게 해주시고
받아들일 수 있게 해주시고
이해할 수 있게 해주시고
말할 수 있게 해주시고
용기 있게
사회로 나올 수 있게 해주신
스승님! 감사합니다!

한 말씀 한 말씀 약처럼 받아들이고
저는 제 위치에서 저의 역할로
사회의 한 사람으로
저의 빛을 내며 성장해 갑니다.

가르침 안에서
나의 자유를 배웠고
상대를 인정할 수 있었고
나와 상대를 이해하는 법에 대해
알아가며 공부할 수 있었습니다.

내 앞의 나와 마주하는 순간들의 감사함과
나와 함께하는 상대들과 살아갈 수 있는
시간들의 감사함으로 공부하고 있습니다.

신들의 노예로 살고 싶지 않던 저를
신들의 운용자로 살 수 있도록 가르침 주셔서
그 안에서 공부하고 있습니다.
그리고 그렇게 되어가는 저를 경험하며
갖추어 가고 있습니다.

아는 만큼만 해라!
이 말씀에 저는 저를 내려 오늘도
아는 만큼 공부합니다.

저를 늘 일깨우시는
스승님!

이만큼 사람답게 사람으로
살 수 있게 해주셔서 감사드립니다.

스승님께서 주신 큰사랑
함께 사는 세상에
저를 잘 내어놓고 잘 써서
보답하겠습니다.

스승님!
가르침으로 살려주신 값!
하겠습니다.

## 내 모습

2023. 5. 21.　　　2:36

내 앞의 그대여 나는 초조합니다.
내 앞의 그대여 나는 두렵습니다.
내 앞의 그대여 나는 걱정이 됩니다.
내 앞의 그대여 나는 외롭습니다.
내 앞의 그대여 나는...

내 앞의 그대여!
나는 보지 않는군요.
내 앞의 그대는
그대만 보아주길 원하네요.

그대를 통해
그대 안의 나를 보게 됩니다.

그대여!
그대가 없었다면
나는
나를 알아차릴 수 없었을 텐데...
그대와 같은
누군가의 그대인 줄 모르고
누군가에게

나만 봐주길 원하는
그대처럼 살고 있을 텐데...
나를 알게 해준
그대여!
내 앞의 그대로 있어줘서 고마워요.

그대여!
나는 이제부터
그대처럼 살지 않으려고 해요.

그대를 보는 나는 불편했고
그대를 보는 나는 힘들었어요.

나를 보는 누군가도
불편하고 힘들었다는 걸
알아버린 나는 그렇게는 못 살 것 같아요.

나는 이제 누군가를 위해
노력해 보려고 해요.
그대도
혹시 그럴 생각이 있다면
나는 그대와 함께 노력하겠습니다.
나와 함께 행복하길 생각해 봅니다.

## 조롱의 웃음에 분노할 것인가?

2023. 5. 26. 14:51

나는 이 시대를 살아야 하는 무속인이다.
누군가는 간절한 마음을 담고 나를 본다.
누군가는 조롱하는 웃음을 보낸다.

엇갈리는 눈의 이 시대를 살아야 하는
나는 무속인이다.

나는 이 시대를 어떻게 보아야 하는가?
오늘은 조금 지친다.

내 안의 끓어오르는 분노들이
나를 반갑게 맞이할 준비를 한다.

"반갑다." 하는데 분노에게 갈 것인가!

분노들이여!
너와 이 상태로 만난다면
나는 이 시대를 똑바로 살 수가 없기에
분노 너와는 잠깐 이별을 통보해야겠다.

나는 이 시대를 살아야 할

신의 제자들 중
부채 방울을 든 무속인이다.

아버지!
분노와 함께 가지 않도록
다스릴 수 있는 힘과 용기의
가르침 주셔서 감사합니다.

## 보살님! 부적이라도 쓰면...

2023. 5. 29.　　　1:35

어찌할 수가 없어 또 오셨군요.

우리는 그때그때 일어나는 일들이 있습니다.
일어날 일들이 일어나기 전에 준비가 되어있다면
여기까지 오지 않아도 될 텐데...

어디에도 말하지 못할 만큼
감당하기가 어려워 여기까지 옵니다.

일어나는 일들은 분명 이유가 있을 텐데...
이유는 찾으려 하지 않고
해결하려는 급한 생각과 마음으로
여기까지 옵니다.

해결만 해주었던 과거의 기억으로
다시 여기로 옵니다.

또 해결만을 원하면서
이유가 있음을 듣지 않고
풀어가는 과정의 노력은 무시해 버립니다.

그냥 해결해 달라고만 합니다.
그것도 안된다면
부적이라도 써달라고 합니다.

임시 해결은
또다시 감당 못 할 숙제가 되어
여기로 다시 오게 할 거라고
이제부터는
근본적인 이유를 알고
풀어가는 노력을 해보자고 해도
지금 당장 풀기만을 원하는
우리들을 봅니다.

우리는 어리석어
급한 눈이 되어
우리의 다음의 결과를...
미래의 나의 삶을...
보려고 하지 않습니다.

다시 인연이 되어
해울을 찾아오신다면
꼭 귀를 열어
이유와 풀어가는 과정의 노력을
부적으로 받아 가시길 소원해 봅니다.

부적의 힘은 있겠지만
부적을 받아 간 나의 바람의 힘이
나의 실력을 만들어 내지 못하기에
반복된 삶을 살아가면서
또 부적을 받아들고
우리는 어리석게 살아가겠죠.

이제!
선택해 보세요.
부적의 힘으로 살지…
나의 실력으로 살지…

앞으로 삶은
나의 힘으로 살아가는
우리가 되길 축원합니다.

## 편지. 도착...

2023. 5. 31. 1:46

만날 수 있음을 감사하는 날이
저에게 도착했습니다.

편지처럼 설렜고
봉투 안의 향기로움에 상쾌함을 느꼈고
한 줄 한 줄 읽어나가는 재미에 취해서
말랑말랑해지는 내가 즐거웠고
함께 만들어 가는 기쁨을 상상하며
행복해질 수 있음을
스스로에게 확인받는
귀하고 소중한 날입니다.

앞으로 계속될 만남의 편지들이
나를 더 알아가는 날이 되길 기도합니다.

함께 가는 우리가 있어 좋습니다.
함께 되는 날까지
만남의 편지들을 기다려 봅니다.

## 함께 간다는 건...

2023. 6. 3. 13:03

함께 간다는 건...
어려운 일이 아닌데
참 쉽게 함께 간다고 하며
참 쉽게 함께 가면서
말 못 하는 어려운 일이 되어 버립니다.

함께 그려가는 길 속에서
서로를 향한
바램들을 말하지도 묻지도 못하고
꾹꾹 누르고 눌러버린 상처를 만들어 버립니다.

상처의 고름이
어디로 터져 나올지 모른 채
함께 간다고 쉽게 말하면서
어려운 길을 갑니다.

무슨 일들을 하고 싶은 걸까요?
왜 함께 가며 아파하는 걸까요?
어떤 노력이 필요할까요?

함께 보다는

일단 멈춤의 선택을 하는 건 어떨까요?
서로를 위해 솔직할 수 없다면
일단 멈추어서
함께 하고자 했던
바램들 속 이유를 생각해 보고
다시 시작하는 건 어떨까요?

아버지!
우리는 부족하여
서로를 진정으로 아끼고 사랑하는 것이 어렵습니다.
지혜로운 함께가 될 수 있도록 살피시고 이끌어 주십시오.

## 별들이여... ♡

2023. 6. 4. 1:03

빛을 잃어버린 듯
옅은 미소를 띄우며
억지스럽게도
자연스럽게도
별들이 모여든다.

시간은
모여든 별들을 위해
자연스럽지 못하게
뒤로 돌아간다.

그리고
뒤로 돌아간
시간의 힘으로
별들은 빛을 머금기 시작한다.

다시
빛나는 별들이 되어
지금의
별들에게 빛을 선물한다.

별들이여!

함께 빛나는

그대들이 아름답습니다.

빛을 잃어 돌아와도

다시

서로의

빛이 되어주는

그대들이여!

빛나는 별들이여 행복하십시오.

## 이만큼 살아보니...

2023. 6. 9. 0:21

이만큼 살아보니...
다 알아버린 세상을 만들어 그대의 말을 합니다.
그리고 과거는 힘들었고 현재는 괜찮다고 합니다.
그대에게 진짜 괜찮냐고 물어봅니다.
안 괜찮은 그대는 애써 쓴웃음을 지으며
괜찮은 척하며 해줄 말이 없냐고 저에게 물어옵니다.

다 알아버렸다고 하는 그대에게
저는 어떤 말을 해줄 수 있을까요?
그대는 다 아는 세상을 살고 있는데
누군가의 세상의 말을 받아들일 수 있을까요?

우리는 이렇게 다 아는 세상을 살면서
서로의 세상을 존중하지 못한 채
이중적 모순으로 우아하게 살아갑니다.

내가 이만큼 살아본 만큼 누군가도 이만큼 살아보았습니다.
서로의 살아본 만큼을 존중하는 말하기와 듣기가 된다면
꼭 필요한 서로를 위한 나눔의 대화가 될 것 같습니다.

내 말만 늘어놓는 이만큼 살다 보니...하는 그대의 말은 미안하게도 아무도 들어주지 않을 겁니다.
왜. 그렇게. 말하냐고. 물어보신다면~
그대는 누군가의 말을 듣지 않고 살았습니다.
그렇게 살다 보니 지금은
그대의 말을 듣고 있던 누군가들이
그대 옆에 존재하지 않아서 쓴웃음으로 여기 있네요.
그대가 듣지 않는데 왜 그대의 말을 들어야 하나요?

저도 사실은 그대의 말을 듣고는 있지만
저의 말은 그대가 듣지 않고 있다는 걸 눈치챘습니다.
그러니 저는 그대에게 해줄 말이 없네요.
죄송합니다.

그대가 아는 세상은 참 괜찮은 세상일까요?
내 말만 하며 주변의 말은 듣지 않아서 힘들었을 과거였는데
내 말을 들어줄 사람도 없는 현재가 괜찮다고 하는
우아한 그대에게 저는 해줄 말이 없습니다.

이만큼 살아도 저는 더 알고 싶은 세상입니다.

아버지!
우리 모두가 겸손한 우리가 되어
함께 말할 수 있는 지혜로운 생각이 일어날 수 있도록 이끌어 주십시오.

## 알량한 나의 지식의 양

2023. 6. 19.　　　1:07

살면서 느끼는 것들의 양이 경험하지 않고 느끼는 법은 없는 것 같다.
모르면 늘 그렇게 살 수밖에 없는 것 같다.
안 된다고 하면서 시도조차 하지 못한 채 모르는 채 살아간다.
세상을 경험하면서 들어야 알 수 있고
알아야 경험할 수 있고
경험을 해야 느끼고 깨우치고 깨달을 수 있는
삶의 축복들을
우리는 경험조차 하지 않는 삶을 살아간다.
그리고...
왜 나는 안되고 왜 나만 안된다고 한다.
그리고...
나에게는 기회조차 주지 않았다고 모든 나의 삶을 부정해 버린다.
그리고...
기회가 왔을 때도 기회인지도 모른 채
삶을 부정하면서 억울함으로 만들어 버린다.
그리고...
왜 기회가 왔을 때
나는 모르고 너는 알았으면서 말해주지 않았냐고
모든 원망을 다 쏟아부어
나는 잘못이 없고 나의 억울한 인생의 탓을
너에게 보내버리고

나를 살필 수 없는 상태가 되어 귀를 닫아버린다.
그렇게 해서 나의 삶이 억울한 삶에서 벗어날 수만 있다면
그렇게 하라고 하고 싶지만, 그럴 수 없기에 한 번 더 말해본다.
그때 말해줄 수 없었던 이유는 다음에 듣더라도
지금 어떻게 해야 하냐고 물어보라고 말해본다.
혼자는 할 수 없는 세상을
혼자 귀를 닫고 나만 잘하면 된다고 하면서
원망과 억울함으로 살아간다면
나는 외톨이가 되어 외로운 삶을 기록할 것이다.

나 또한,
나의 경험과 지식의 정도로 나는 세상을 잘살고 있다고 생각했다.
그리고 "모든 이들이 그럴 것이다."라고 생각했다.
그리고 더 잘 살 거라고 확신을 하며
나의 경험치 안에서 똑똑한 계획과 설계를 하며
나의 알량한 지식 안에서 여유 있게 살았었다.
주변을 돌아보지 않았다.

지금 와서 보니
나의 어리석은 양의 지식들이
주변을 돌아보지 못한 환경을 만들어 간다.
그리고 나는 마음의 평온을 만나지 못하고 있다.
나의 잘못이 주변을 힘들게 한다는 것을 이제야 알아간다.
아직도
나보다는 상대들을 향한 비난과 합리적인 이유의 탓을 만들어낸다.

그리고 분노한다. 그리고 돌아선다.
그리고 너와 나는 끝이라고 한다.
하나가 되어 함께 할 수 없다! 하면서~

우리가 모르게 이러고 산다.

약한 나의 마음이 지혜로 단단해지길 소망한다.
하나의 함께로 풀어가 보길 기도한다.

## 기다림...

2023. 6. 30.　　11:13

움직임의 시간들 속에서
움직일 수 있는 생각이 일어나길 기다린다.

일어나는 움직임이 시간을 만나
나의 기다림을 채워주길 기다려본다.

그리고
또
기다림으로
간절한
기다림으로
시간을 움직여본다.

나는
나를 기다리고
너를 기다리고
우리가 되길 기다리고
함께 되길 기다린다.

함께 빛이 되어가길 기다린다.

나의 간절한 기다림이

이루어지길 소망하며

또

기다림으로

다른 기다림의 시간을 보낸다.

## 내 앞의 사람들!

2023. 7. 3.　　　1:52

다 인연이 되어 오지는 않겠죠.
다 우리가 될 수는 없겠죠.
다 함께 갈 수는 없겠죠.

다 같이 갈 수만 있다면

내 앞의 사람들에게
인연으로 먼저 다가가 봅니다.

## 백 송이의 꽃을 피우고 싶다.

2023. 7. 5. 2:07

꽃이 되기를 온 마음을 다해 응원합니다.

나의 욕심은 끝이 없어
백 송이 꽃피움을 내가 하고 싶다 한다.
이 마음이 오기까지 나를 얼마나 훈련했던가!

내가 꽃이 되기보다
누군가가 꽃을 피우기를 바라는 마음이
나를 가슴 뛰는 행복으로 초대한다.

나는 몰랐다.
내가 이런 삶을 살 때
나를 사랑할 수 있다는 것을 몰랐다.

나는 나를 사랑한다.
나를 사랑할 때 너를 사랑할 수 있었고
너를 사랑하면서 나를 사랑하는 법을 배웠고
그 배움의 길목에서
나는 욕심이 생겨
너를 꽃피우고 싶었고
내 앞의 네가 백 명 있었으면 좋겠고

백 명의 꽃이 피어날 때
나는 나의 환희의 꽃이 되길 소망한다.

이 땅에 태어난 1952년~1963년 선배님들이여~
이 땅의 꽃이 되어 빛나시길 기도합니다.

## 배움... 그 뒤

2023. 7. 6.　　　2:02

배움의 기록들이 우리의 모습 속에 있다.
내가 기록하지 않아도 자연의 기록은 오차 없이 기록된다.
기록하면서 우리는 깨닫고 깨우치며 배움을 경험한다.
그리고
회고하지 않는다.
돌아보지 않는 과거의 기록들...
앞으로 일어날 일들의 걱정과 두려움 속에서
늘 머릿속이 복잡하고 억울해진다.
계속되는 복잡한 생각은 나를 지배해 버린다.
지배당한 생각은 몸으로 전달되어
걱정과 두려움의 염증을 일으켜 몸을 상하게 하여
또 다른 걱정과 두려움 속으로 들어간다.
반복되는 삶 속에서 미래의 희망을 걸고
우리는 살아가는 것 같다.
이렇게 살아간다면 희망과 행복의 삶을 만날 수 있을까?
여기만 지나가면 되겠지 하면서 누군가에게 물어보고
답을 찾아다닌다고 해서 행복의 삶을 만날 수 있을까?

살면서 배워간다. 끝없이 배워간다.
우리가 배운 만큼 자연은 우리를 기록한다.
그 기록이 현재의 나를 만들어 또 기록한다.

친절하게도 다 기록해 준다.

지금 걱정과 두려움으로 힘들다면
과거의 기록들을 돌아보는 건 어떨까?
그 기록들 속에서 현재의 기록이 쓰임을 알고
현재의 기록으로 미래의 기록을 만들어 냄을 알았으면 한다.

왜! 어떻게! 무엇을 위해!
살아야 하는지 배워서 알 수만 있다면
우리의 기록들은
지금처럼 걱정과 두려움의 기록을 남기지 않을 것이다.

알고 나면 참 쉽게 풀어갈 수 있는 삶을
우리는 어려운 삶을 만들어 기록한다.
우리 모두가 걱정과 두려움에서
해방되어 자유롭길 기도한다.

가르침 주시는 스승님!
진심으로 머리 숙여 감사드립니다.

## 오늘 마음

2023. 7. 9. 2:05

오늘의 내가
마음을 내어
너에게 다가갔다.

나의 마음이
나를 위함이 아닌
너를 위한 마음으로
먼저 웃고 울었더니
계산하는 내가 되지 않아서 좋다.

그냥 좋았던 나는
오늘 큰 기쁨의 하루를 보냈다.

## 길들여진 자

2023. 7. 11.　　　1:13

길들여진 자!
나는 그러한 듯 살다가 길들여져 버렸다.
후회하지 않는다고 말해본다.
후회 없이 죽음의 순간을 받아들이고 살다가
길들여져버린 나를 또 마주한다.
시간은 흐르지만 받아들인 자로 살며 길들여져 버린다.
모든 삶의 의미를 잃어버린 채 길들여진 자로
나의 삶을 놓은 채 살아버린다.

길들여져 버린다.

그리고
지금 이 순간
나의 깊은 마음속에서는
몸부림을 쳐가면서 이렇게 살고 싶지 않다고 한다.
어찌해야 할까?
나도 모르는 나의 마음을~
웃을 수 없는 먹먹한 가슴의 눈물을~
함께 웃고 떠들어 댈 사람은 있어도
함께 먹먹한 가슴을 나눌 사람은 없다.
우리가 이러고 산다.

똑똑하게 씩씩하게 버텨 버린다.
죽지 못하는 나를 만들어 길들여진 자로 살아간다.

삶을 살아내야 하는 이유를 알고 산다면
우리는 삶이 달라질 수 있을까?

알고 있다. 우리는!
귀찮은 우리는 그냥 모르는 척
어쩔 수 없다 말하며 길들여진 자의 삶을 선택해
후회하는 삶을 살아가면서
걱정과 두려움으로
마지막 일생의 마지막을 기록하는 삶을 산다.

용기 있게 답을 찾는 삶을 살아보는 건 어떨까?
길들여진 채 살지 말자!

## 돌아오고 싶은데...

2023. 7. 15.　　14:35

돌아오고 싶을 때
돌아올 수 없게 만들어버린
나를 알아차려 봅니다.

나도 돌아오길 바라는 마음에
그대를 그리워합니다.

자꾸 생각 안에 머물러있는
그대를 미워해 봅니다.

너무 그리워
먼저 돌아오길 바래봅니다.
그리고
기다린다고 합니다.

어리석은 나는
내가 돌아올 수 없게 만들었다는 걸 알았지만
돌아오라고 할 용기가 나지 않습니다.

시간은 흘러
때를 놓쳐버린 나를 후회해 보지만

아직도
돌아오고 싶은 그대를
돌아올 수 없게 만들어버린 나도
마음을 내지 못하고
미운 그리움으로 살아갑니다.

어느 때가 된다면
후회 없이
미안했다고
말하고 싶은 마음입니다.

## 늘... 바랜다. 사랑!

2023. 7. 17.　　　1:29

설렘으로 했던 나의 사랑은 가고~
바램으로 하는 나의 사랑은 시작되었다.

설렘으로 했던 나의 사랑은
너를 위하는 마음을 잃어버렸다.
나도 너도
한치의 양보도 할 수 없다 하며
사랑을 한다.
우리는 미친 사랑을 한다.

미쳐 죽을 듯
나는 너를 원하고
너는 나를 원한다.
우리는 바램으로 살아간다.
이렇게 사는 게 사랑이라고 하면서...

그렇게 살다가 식어버린 바램으로
우린 헤어짐을 선택한다.

그래 그만하자.

무엇을 했을까?

바램만으로 살 수 없는 우리는
또 나와 너로
다시 만나
설렘의 사랑을 시작한다.

서로를 위해 살 수 있는
그대들이 되어가시길 기도합니다.

## 무당의 말 한마디... 조상 탓

2023. 7. 25. 1:11

무슨 말을 듣고 싶어
이곳저곳 오만 곳을 찾아 헤매시나요.
오늘은 여기에서 듣고 좋아하고
내일은 거기서 듣고 안주하고
반복되는 오늘 속에서
왜 내가 원하는 말만 듣기를 원하나요?
현혹시킨 사람은 없고 당한 당신만 남아있군요.

문제가 아닌 문제를 만들어 걱정을 하고 두려워하며
앞으로 보일 결과를 인정하지 못해
이제 와서 어리석은 생각으로
누구라도 탓할 조건을 만들어 버린 당신의 인생과 가족이
과연 바른 삶을 살아갈 수 있을까요?

그 탓이 조상의 탓도 주변 환경 속 인연들의 탓도 아닐 텐데

왜 굳이 그런 어리석은 판단으로
무당의 말 한마디에 힘을 실어
내 탓이 아닌 조상 탓을 만들어
조상들의 원한만 풀어주면 모든 것이 풀릴 것처럼
두려움에 떨고 있나요?

당신은 두려움으로 포장을 만들어 조상들의 탓으로

모든 결과를 뒤집어 버리고 싶은 건가요?
조상 탓하지 마시고 당신의 현재를 돌아보세요.

어떤 생각을 하고 무엇을 하고 살고 있는지?
당신이 만들어 가는 과정 속에서
문제도 있고 해결도 할 수 있는 답도 있습니다.

무당의 말 한마디에
당신은 무너진 게 아니고
무당의 말 한마디에
어깨춤을 추는 당신으로 보입니다.

정신 차리시고
당신의 탓을 찾아보시는 건 어떨까요?
그렇게 하신다면 도와드리겠습니다.

조상 영혼이 내 주변에 있는 것도 사실이고
내 곁에서 작용을 일으킬 수 있는 것도 사실입니다.
그런다고 모든 문제가 조상의 작용은 아닙니다.

두려워 마시고 당신의 삶을 돌아보고
지금의 당신을 받아들이고 인정하고
조상도 당신도 다스릴 수 있는
당신 삶의 주인으로 즐겁게 살길 원합니다.

다시 한번 신의 제자 해울도 말해봅니다.
그렇게 하신다면
굿이 아닌 다른 방법으로 도와드리겠습니다.

## 그렇게 살자.^^.

2023. 7. 27.　　　1:41

나를 위해서는 한 줄도 쓸 수 없는 생각들의 글들이
너를 위해서는 설렘 가득 몇 줄이고 쓸 수 있는 글들을 만들어낸다.

나는 그런 사람이 아니다.
반복하고 반복했던
너를 위한 생각들이
나는 너만 보인다.
몰랐다.
내가 이런 사람이 될 수 있다는 걸…

나는 그런 내가 좋다.
나를 생각하게 만들어 준
네가 좋다.

나는 너를 위해 살고
너는 또 누군가를 위해 살고
우리 그렇게 살자.

## 가시는 길...

2023. 8. 1. 2:28

죽음으로
당신은 무엇을 하려 했나요?

죽어버린 당신의 말을 들어보려고
이제 와서 허둥대는 우리들은 들을 수가 없네요.

미안하다는 말과
이렇게 말도 없이 가버린 당신이 원망스럽습니다.

죽음으로 우리와 이별을 통보해버린 당신을
아직도 부여잡고 보낼 수가 없어
이렇게 끙끙 앓아버린 우리는
당신이 우리에게 할 말이 있었을 것 같은데
알 수가 없네요.

이제 와서
당신을 돌아보는 우리는
당신이 보내온 수많은 신호들을 봅니다.
눈치챌 수 있을 만큼 신호를 주었는데
당신의 모든 것들은 무시한 채
우리들의 말만 늘어놓았던

그날들을 돌이켜보면서 고개가 숙여집니다.

그리고

원망보다는 한없이 외로웠을

당신을 추억해 봅니다.

왜 그런 선택을 했냐고 묻고 싶었던 우리는

더 이상 당신을 붙잡을 수가 없어집니다.

죽어있는 당신도 보낼 수가 없는 우리는

이별을 준비해 보려 합니다.

당신을 맑은 마음으로

당신의 방식의 이별을 받아들입니다.

서로를 이해하지 못해 이별을 준비했던

당신을 있는 그대로 존중합니다.

이제 사무쳐있던 모든 것들을 자유로이 놓아드리려 합니다.

안녕!

## 가족으로 남기고 간 추억들...

2023. 8. 7. 0:59

살다가 만나 살다가 떠난 그대여...
가족으로 살다가 추억 속 그대가 되어
함께 살아갑니다.

모든 추억들은 그대로 존재합니다.
당신의 육신은 떠나보내지만
당신의 모든 것들은 함께합니다.

아파하지 않으려 한 건 아니지만
떠나보내는 준비의 시간을 주신
하늘에 감사합니다.

가족이 되어
즐거웠고, 행복했습니다.
함께 만들어 간 추억 속에서
당신은 참 깔끔한 배우자였고
다정하고 재밌는 아버지였습니다.

우리에게는
소중한 당신과
함께했던 시간들이

추억으로 남아있습니다.

마지막,
가시는 길목에서 애쓰지 않고
서로를 보내줄 수 있었던 시간들이
감사합니다.

당신의 다음 인생을 위해
우리는 기쁜 마음으로 보내드립니다.
조금은 눈물이 나지만
슬퍼서 울지는 않습니다.

잘 가시고 잘 가시어
다음 생도
멋진 인생을 맞이하십시오.

*3년 전 힘겹게 찾아오셔서
해울과 인연이 되어
가시는 길 공부해 주시고
죽음이라는 이별의 길목에서
슬기롭게 풀어가 주신 ○○ 가족님
수고하셨고 감사드립니다.

## 청년의 100일

2023. 8. 9. 21:38

한 청년의 100일을 지켜보며
우리는 숨죽여 기다리며
그를 응원했습니다.

하루도 긴장을 놓지 못했지만
청년을 위해
우리는 일상 속에서
자연스럽게 살아갔습니다.

참 힘든 나날들이었지만
기다림의 시간은
우리를 함께하는 날로
초대해 주었습니다.
참 기쁜 날입니다.

청년의 100일의
나날들을 기록하며 보냈던
시간 속에서 우리는 함께 간절했습니다.

너무 감사한 날입니다.
아팠고 외로웠고 배고팠던 날들을

이야기하며 우리는 함께 눈물 흘리며
잘 견디고 잘 해냈다고
축하의 박수를 보냅니다.

부모님의 온기를 만나고 싶었던
청년은 아직은 어색하지만
부모 곁으로 올 수 있어집니다.

조금 가까이 왔을 뿐인데
너무 순수한 7살 아이가 됩니다.
그리고 눈물을 흘리며
부모의 진심 어린 사랑 앞에
감사함을 전해옵니다.

이 귀한 시간이 우리에게 왔습니다.

앞으로 해결해 나가야 할
과정의 숙제들이 있지만
우리는 할 수 있을 것 같습니다.

우리는 의논할 수 있는
함께를 알아갑니다.
우리는 대화할 수 있다는 걸
알아버렸습니다.
그리고

우리는 시작할 수 있는

100일의 노력으로

함께 풀어갈 수 있는 힘을 만들어 냈습니다.

자~

이제 시작해 볼까요!^^

## 나는...

2023. 8. 17. 3:15

나는 복이 많은 사람입니다.

어느 시절의 나는
참 복 없게 태어나서
남들과 다른 삶을 살았습니다.
그런 나의 삶이
복이 없다 생각했습니다.

그때를 살던 나는
지금의 나를 만들어가는 과정인 줄
이제야 알게 되었습니다.
그리고
뜨겁게 나를 사랑하셨던
하늘을 이해할 수 있었습니다.

그 순간이 왔을 때
나의 환경과
나의 사람들에게
고맙고 감사했습니다.

나는

나에게 주어진 환경에서
나의 사람들에게
당신들도 복이 많은 사람이라는 걸
알게 해줄 수 있는 그런 사람이고 싶습니다.

모든 삶이 이유 있어
이 땅에 태어나서 나의 삶을 살아야 함을 알게 해주시고
어떻게 살아야 하는지 가르침 주시는
나의 스승님께 감사드립니다.

## 다 같은 마음

2023. 8. 23. 9:17

다 같은 마음이지 않을까?

방법은 다르지만
다 같은 마음이지 않을까?

나는 네가 잘 되길 기도하고
너는 내가 잘 되길 기도하고

나는 내가 잘 되길 기도하고
너도 나를 위해 기도하길 바라고

너도 네가 잘 되길 기도하고
내가 너를 위해 기도하길 바란다.

서로를 위해
같은 마음으로 기도한다.
여러 가지 다른 방법으로 기도한다.

같은 마음인데 다른 방법일 때
서로에게 서운해하기도 섭섭해하기도 한다.

나는 내 방법으로 기도하길 바라고
너는 네 방법으로 기도하길 바란다.

같은 마음만 볼 수 있는
우리가 되길 소망합니다.

스승님!
서로의 다양한 방법의 기도가 불편했던
저를 반성합니다.
오늘의 저는 다양한 방법의 기도가
받아들여지고 같은 마음임을 알게 되었습니다.
다름을 존중할 수 있을 것 같습니다.
가르침으로 이끌어 주시는 스승님!
깊이 감사드립니다.

## 어제♡

2023. 8. 26.　　　0:39

어제를 사는 오늘이 즐겁다.
눈 감으면 생각나는 어제가 좋다.

선물처럼 나에게 온 어제가
긴 시간 동안 생각을 일으켜
매일매일 살아갈 오늘을 즐겁게 할 것 같다.

티 없이 맑게
선물로 주어진 어제를
받을 수 있는 내가 되어 좋다.

어제도 오늘도 즐겁다.
내일도 찾아올 즐거움에
나는 콩닥콩닥 설렌다.

주어진 환경에 감사할 줄 아는 내가 되어 좋다.

스승님! ^^
감사합니다! ♡^^

## 나의 모습

2023. 8. 29. 2:49

나의 모습은
다양한 환경을 만나서 드러납니다.

드러나는 줄도 모르고
좋다 하고
싫다 하고
나의 모습은 보지 않습니다.

환경 속 인연들을 통해
알 수 있는 나의 모습이 있습니다.
한번 들여다보는 건 어떨까요!

생각보다
어렵지 않습니다.
그런데
생각하는 만큼
나의 모습이
괜찮지도 않습니다.

스스로에게
부끄러울 수 있습니다.

그런 나의 모습과 마주할 때
나를 알아갈 수 있습니다.
나의 모습이 보일 때
나를 그냥
사랑할 수 있습니다.
그렇게만 할 수 있다면
상대의 모습도 그냥
사랑할 수 있을 것입니다.

그럼 우리는
있는 그대로의 모습으로
함께 살아갈 수 있겠죠.

나의 모습에 집중해 보세요.
^^♡

## 미움... 미소...

2023. 9. 8. 3:49

지친 나를 일으켜 세운다.

무슨 힘이 있어 일어나는가!
왜 일어나는가!
끊임없이 나에게 질문을 던진다.

죽일 듯이 미워하지도 못하면서
미워하는 나를 만들어
나를 나로 살지 못하게 한다.

그렇게 지친 내가 되어
그래도 이 정도면 잘 살았다면서
지친 나를 일으켜 세워
우월한 미소 속
깊은 분노를 감추어버린다.

"어떤 이의 삶이다."라고
말하고 싶겠지만
나의 모습이지 않을까?
왜 나는 이러고 사는가?

우리는

삶을 받아들임으로

나를

우리를

그냥

다 그런 거지 하며

미움의 분노를

우아한 미소로 만들어버린다.

## 만났다.

2023. 9. 9. 1:26

다름을 알고도
같음을 본다.

서로의 길은 다르지만
다른 길 속 같은 생각을 본다.

생각과 생각이 쌓이고
마음과 마음이 열려
우리는
긴 시간을 함께한다.

이렇게 많은 마음을 나눌 수 있음을
우리는 신기해하기도 하고
다음이 또 오기를 기대한다.

그냥 좋다.

바램을 가지지 않는 만남이
우리를 기쁘게 한다.

다름과 같음이

만났다.

기억 속에서
오랫동안 보관될 것 같다.

오늘 즐거웠습니다.

## 한번 해보는 거지~

2023. 9. 12. 0:53

우리는 생각하는 것보다
처음 하는 것들이 많습니다.

처음 하는 것들인데~
한 번도 안 해 봤는데~
잘하려고 하고
잘할 때까지 기다리려 하고
그러다 결국엔
안 하는 선택을 하는 것들이 많습니다.

언제 할까 어디서부터 할까
망설임으로 보낸 오늘을 살다가
내일을 맞이합니다.

내일이 오늘이 될 때
어떤 일들이 나를 기다리고 있습니다.

어제 했어야 할
처음 해야 할 일을
망설임으로 보낸 어제 때문에
오늘의 어떤 일을 처리할 수가 없어

또 잘할 때까지 기다리며
오늘을 살아갑니다.

이렇게 사는 우리의 모습이 보이시나요?

그냥 한번 해보는 건 어떨까요?^^

생각보다 더 잘할 수도 있습니다.
생각하는 것만큼 어렵지 않을 수도 있습니다.
그리고 해보니깐 내가 해야 할 일이 아닐 수도 있습니다.

처음은 당연하게 우리를 기다리는데
우리도 당연하게 처음 하는 것들을 맞이해 보는 건 어떨까요!^^

잘할 수 없는 게 당연하지~
그냥 한번 해보는 거지~하면서
그냥 해보는 걸 선택해 봅시다. ♡♡♡
그냥 용기 있는 우리가 되길 소망합니다.

## 혼자 아니고 이제는 우리야!^^

2023. 9. 13.　　23:58

늘 혼자였던 네가
얼마나 외로웠을까?
그땐 몰랐었기에
미안해할 수도 없었지~

우리는 같이 있었기 때문에
네가 혼자였을 거라 생각도 못 했지~

그리고 우리와 다른
네가 되어 떠나갔을 때도
혼자된 너일 거라고 생각하지 못했지~
정말 미안하다.

우리가 너를 외면했을 때도
너는 우리를 바라보면서
다가와 주었는데
너를 보면 이해할 수가 없어
외면하고 외면했었지~
정말 미안하다.

혼자 할 수 없을 일들을

해결도 못한 채 살게 만들어 버린
우리가 이제야 너를 만나서
함께 해보자고 했을 때
너는 우리가 미울 텐데
우리 곁에 와주었지~
그동안 혼자 해보려고 해도 안되는
일들을 붙잡고 살았을 너에게
우리는 같이하자고 했지~

고맙다.
같이하고 싶다고 해줘서~

아직은 어색하고
잘 안되는 일들과 풀기 어려운 일들이 많지만~
이제 너는
혼자가 아니고 우리야^^
고맙다.
의논하고 의논해 줘서~♡

## 두 번째 편지... 도착!

2023. 9. 18.    1:14

나를 설렘으로 초대했던
그 편지가 나에게 또 도착했다.

봉투를 열어보니
어색함이 함께 있다.

좋았던 기억으로 다시 열어본다.

봉투 안의 어색함은
내가 한 번도 맛보지 않았던 사탕들이었다.

너무 신기한 맛의 사탕들이
나를 신나는 리듬 안으로 초대해 준다.

나를 위한 리듬으로
나를 위해 어색함으로 다가와 준다.
어색함은 나였다.
그들은 나를 위해 어색함을 먼저 보여주었다.

나를 위해 함께 해 준 그들은
어색함이 아닌 달콤한 사탕들이었다.

편지는 나를 위해
선물과 함께 도착해서 달콤한 추억을 만들어주었다.

오랫동안 기억하고 싶다.
달콤함이 나를 움직이게 한다.
오늘도 나는 설렌다.

## 너의 선택~

2023. 10. 6.　　　1:15

오늘의 선택을 한 너의 모습이
내일의 너의 환경이 되는데~
또 그런 선택을 해버린
너를 나는 또 바라봐야 한다.

힘들다는 말도 이제 그만하고 싶다.

오늘은 네가 밉다.
내일의 너를 또 이해해 본다.

다시 또 해보자.

너의 내일의 말이 두렵다.
너를 볼 내일의 내가 무섭다.

그래도~

우리는 또 이렇게
서로를 이해하는 훈련을 한다.
노력이라는 말로~

## 각자의 길!

2023. 10. 18.　　0:27

서로의 가고자 하는 길이 다를 때
우리는 다른 길을 인정하지 못한 채
각자의 주장으로
서로를 설득시키려 한다.

여기서 우리는 무엇을 얻고자 하면서
나의 길로 들어오게 하려는 것일까?

과연!
내가 가는 길이 옳은 길인가?
서로에게 똑같은 길이 옳은 길인가?
똑같은 길을 걸을 때
우리는 함께 웃을 수 있을까?

각자의 길을
인정하고 존중하며
가는 길을 선택한다면
우리의 삶은 어떻게 달라질까?

생각하자!

옳고 그름으로

판단하기 이전에 생각하고

서로의 길을 나누어 의논해 가면서

각자 가는 길 속에서

서로를 존중하면서 응원해 주는

우리가 되어가길 소망해 봅니다.

## 울고 웃다

2023. 10. 26.　　23:38

내가 웃으려면
그대는 눈물 흘려야 하고

그대가 웃으려면
내가 눈물 흘려야 한다면
우리는 함께 갈 수 있을까?

왜!
보지 않으려 하면서
나를 위해 살라고만 하는 걸까!

내가 좋을 때
그대가 싫을 수도 있고

그대가 좋을 때
내가 싫을 수도 있는데

각자
나를 위해
같이 웃자 하고
같이 눈물 흘리자고 하면서

서로의 시간을 기다려주지 않은 채
이해가 안된다고만 한다.

나를 이해하고
그대를 이해하는
시간을 가지면서 기다려 보시길
소망합니다!

## 불편한 눈과 귀!

2023. 10. 29. 2:23

나는 아직 멀었다.

그래서 배운다.

늘 불편한 분별의 눈과 귀가
나를 일깨운다.

살아있는 분별의 나!

못난 눈과 귀가
불편했던 과거의 나!^^
그때의 내가 싫지 않다.

그때의 내가
지금의 나를 일깨워
왜 불편했는지 알 수 있는
내가 되게 하고
이유를 알게 하고
어떻게 하면 불편하지 않을 수 있는지 생각하게 한다.

그리고

분별하지 않으려 배우는 내가 되게 한다.

오늘도
불편한 분별의 눈과 귀가 된다.

배우는 나는
아직 멀었구나~^^

우리 모두
불편하지 않은 눈과 귀가 되길 소망합니다.

## 같은 말

2023. 11. 7. 2:05

같은 말을 하고
다른 생각을 하고

다른 말을 하고
같은 생각을 하고

알고도 모르게 하고
모르고 알게 한다.

무슨 일이 일어나는 걸까?

나는 아니라고 한다.
아니라고 하면
틀렸다고 한다.

나는 맞다고 한다
맞다 하면
아니라고 한다.

무슨 답을 듣고 싶을까?

나는 또 끊임없이 말한다.
그들도 끊임없이 물어본다.

우리는 같은 말을 한다.
우리는 다른 생각을 한다.
우리는 서로를 존중하지 못하고
아닌 척 씁쓸한 이별을 한다.

그리고
몇 년 후 다시 찾아와
그들은 같은 말을 한다.
나도 또 같은 말을 한다.
우리는 또 다른 생각을 한다.

같은 말과 같은 생각을 할 수 있는 날!
그날이 오길 소망한다.

## 말!

2023. 11. 10. 2:55

당신에게 필요한 말!

내가 아는 말
내가 하고 싶은 말
그 말이 당신이 필요한 말이었나?
생각해 봅니다.

“당신이 원하는 말!”이
무엇인지 모른 채
내가 당신을 다 아는 것처럼
당신에게 퍼부었던
수많은 나의 말들이 생각납니다.

잘했다는 생각이 올라올 때는
잘난 척이 올라왔지만
바로 들어오는 감정들은
화가 나고 답답하고
당신이 원망스러웠습니다.

잘했는데 나는 화가 납니다.
잘했는데 당신이 원망스럽습니다.

어느 날!
당신에게 퍼부었던
나의 부족한 말들이
당신을 힘들게 했다는 걸 알았습니다.
나는 부끄럽습니다.
당신에게 미안합니다.

이렇게 살아가는 우리의 모습들이 보이시나요!
어떻게 말을 해야 할까 생각해 봅니다.

우리 모두 서로를 사랑하는 말로
서로를 축복해 줄 수 있는 우리가 되길 소망합니다.

## 열심히 달려온 세월~

2023. 11. 13. 2:26

당신의 삶을 들여다볼 시간이
저에게 주어졌습니다.

살아온 세월이
당신의 모든 것을 말해줍니다.

참 잘 살아왔네요.
참 잘 버텨왔네요.
참 잘 달려왔네요.
지금까지는~

왜!
잘 했는데!
이제 와서 잘 가던
당신의 세월을 멈추어 가려 하나요?
무엇이!
당신을 작은 세상 속에서 살기를 원하나요?
이렇게는 안됩니다.
이렇게 살기를 누가 원하나요?

작은 세상으로 잘 살길 원하는
당신의 계획은 이루어지질 않을 거라고

저는 말해봅니다.

지금부터는
나를 위해 살기보다는
우리를 위해 살아야 한다고 말해봅니다.

그래야
당신이 원하는 계획과
당신이 원하는 경제가
이루어질 거라고 말해봅니다.

당신의 세월을
여러 갈래로 풀고 풀어 말해봅니다.

참 잘 달려온 당신의 세월을
소중히 대해보세요.

우리를 위해 살아준다면
다시 계획을 세워준다면
저는 함께 가겠습니다.

긴 시간 잘 들어주셔서
감사합니다.

잘 살아온
당신의 50대를 응원합니다.

## 또~ 나는 싫다.

2023. 11. 14.　　2:51

또~ 나는 싫다.

나는 참 사람을 싫어한다.
나는 한참 동안 싫어하는 사람이 없었다.
나는 오랜만에 사람이 싫다.

반갑다^^~
나를 떠나지 못한
사람을 싫어하는 마음
빨리 알아본다.

어떤 사람이 싫은가!
이래서 싫고 저래서 싫고~
나는 싫다.
또~ 사람이~

분명 싫은데~
사람이 좋다.
싫다 해놓고 좋다.

나는 싫다 하며

빙그레 웃음이 난다.

나는 사람이 좋다.
잘 풀어 가보자.

싫고 좋고 하는
내가 좋다.

나는
내가 좋다.

## 처음마음

2023. 11. 19.　　1:34

그대를 향한 나의 마음이
처음 일어나는 순간!
나의 사랑을 보았다.

나의 사랑이 당황스럽다.
이런 게 사랑일 줄이야!

그대를 위한 나!
그대를 위한 마음!
그대를!

나의 사랑!
그대를 향한 사랑!
온통 그대를 향한 나는!
나를 사랑하는 줄도 모르고
그대를 위한 마음으로 살아간다.

나는 나의 사랑을 이룬다.
모두가 사랑이기를 소망합니다.

## 늘 새롭게 하소서...

2023. 11. 23.　　0:52

늘 새롭게 하소서...

나의 그대들이여~
늘 새로운 그대들의 모습을 볼 수 있는
나의 눈이길 바랍니다.

늘 새롭게 하소서...

나의 그대들이여~
늘 새로운 그대들의 말을 들어볼 수 있는
나의 귀가 되길 바랍니다.

늘 새롭게 하소서...

나의 그대들이여~
늘 새로운 그대들을 위한
내가 되어 말할 수 있는
나의 입이 되길 바랍니다.

내 눈의 티가 많아서
그대들을 밉게 보지 않게 하소서
내 마음에 의심이 많아서

그대들을 멀리하지 않게 하소서
내 입에 독이 많아서
그대들을 죽이는 말을 하지 않게 하소서

나는 나를 귀하게 여기어서
그대들도 귀하게 섬길 수 있는
그런 사람이고 싶습니다.

나는 나를 너무 사랑해서
그대들에게도
나의 사랑을 아낌없이 줄 수 있는
그런 사람이고 싶습니다.

나는 그렇게 살고 싶습니다.
나는 이렇게 살고 싶은데
참 어렵습니다.

그대들을
티 없이 아끼고 사랑할 수 있는
그대들의 내가 될 것입니다.

나는 늘 새롭게
그대들에게 다가가겠습니다.

늘 새롭게 하소서...

## 산다...

2023. 11. 24. 16:59

살아간다는 것!
살아가는 것!

자연스럽지 못한
나를 마주한다.

불편하지 않다.
다만~
미안함으로
살아가지 않으려
노력할 것이다.

## 참...

2023. 11. 29.　　22:18

나는 그들의 인생을 통으로 듣고
그들의 현재를 맞춰달라는 자리에 있다.

나는 그들의 인생을 통으로 느끼고
그들의 현재를 풀어주어야 하는 자리에 있다.

조건은 내 앞에 왔을 때 만이다.

처음 본
내 앞에 온 그들을
티 없는 눈으로 내 마음을 온전히 내어
아끼고 사랑할 수 있을까?

그들이
듣고 싶은 말만 해주는 답이
그들을 아끼는 것일까?

그들이
듣고 싶지 않은 말이어도
들어야 할 말을 해주는 것이
그들을 아끼는 것일까?

참 귀한 일인데…

참 소중한 인생인데…

그들은
쉽게 자신의 인생을
물어보고 아니면 말지 한다.

그리고
잘 사는 게 무엇인지도 모르고
잘 살고 싶다고 한다.

나는 그런 그들을
아끼고 사랑해야 하는가?
나는 그런 그들을 위해
또, 작두 위에 올라
춤을 춰줘야 하는가?
~하는 생각이 들면
씁쓸함으로 밤을 보낸다.

우리 모두가 소중한 인생이기에
나의
그들의 인생을
함부로 대하지 않기를
소망합니다.

## 밤 11시~

2023. 12. 7. 1:28

혼자~ 있다.

함께. 시간을 쓴다.

각자의 자리에서 나를 위한 기도를 한다.

없는 힘은 생기길 기원하며

있는 힘은 빼기를 기원하며

각자의 자리에서 나를 위한 노력을 한다.

밤 11시~

우리는 그 밤을 함께한다.

늘 뜨겁게

“나”는 혼자가 아니다.

밤 11시~

10일이 지나간다.

100일이 되는 날까지

함께하길 노력해 봅니다. ♡♡♡

## 무지개색

2023. 12. 11.　　2:56

나는 무지개색을 가진 사람이었습니다.
나는 무지개색을 다 써보지도 못했습니다.

어느 날부터~
나는 무지개색을 가질 수 없는 사람으로 살았습니다.
나는 색이 없이 무채색이 되었습니다.

그렇게 무채색으로 사는 내가 되니
그들의 색을 무지개로 만들어 줄 수 있었습니다.
나는 좋았고 재밌고 즐거웠습니다.
그들의 무지개색을 쓸 수 있도록 도와줄 수 있어
행복했습니다.

나는 나의 무지개색이 없어도
그들을 위한 나의 무채색이 마음에 들었습니다.

몇 년의 시간이 흘러
하나님은 다시
나의 무지개색을 주시려 합니다.

나의 무지개색으로

그들의 무지개색을 만들어 낼 때
우리는 어떻게 더 행복할까 상상해 봅니다.

나의 무지개색이
가슴 뛰는 설렘으로 기다려집니다. ^~^

## 이제 그만...

2023. 12. 27.　　14:14

왜! 우리는 기다리지 못하는가?
먹먹한 가슴의 통증이 일어난다.
우리는 왜! 그러는 건가?

누군가의 아픔을 더 아프게 만들어
죽음으로 그들을 맞이해야 하는가?
좋은가?
이렇게 만들어버린 세상이 좋은가?

조금만 기다려줬다면~
조금만 들어주었다면~
조금만 이해해 주었다면~

정말 조금만 헤아려 주었다면~
그들의 죽음 앞에서 축배를 들지 않았을 텐데~
미안합니다. 정말 미안합니다.

축배의 눈물을 흘리는 우리들도
죽음을 맞이할 준비를 해야 할지도 모른다.
이제 그만하자.

조금만 기다릴 수 있다면~

함께 이해하는 우리가 되길~

간절히 기도합니다.

## 슬프다. ㅜㅜ

2024. 1. 9.　　　　0:51

어느 날!
그대는 나를 보았다.

그대는 나를 좋아한다.
나는 그대에게 나를 보여주었다.

슬프다.
그대가 나를 보니 슬프다.
그대가 나를 보니 아프다.

내가 나를 보니 슬프다.
내가 나를 보니 아프다.

그대의 눈이 나를 보니
그대의 마음의 눈이 나를 보니
그대의 생각의 눈이 나를 보니
그대의 행동과 말이 나에게 독침을 날려
나는 슬프고 아파한다.

고름이 고여간다.
고름이 눈물로 흘러내려

나를 살리려 한다.

선택하자.
어떻게 살릴까?
나를 죽여 나를 살릴까?
나를 더 보여서 나를 살릴까?

나는 불편했구나!
불쌍하고 가엾은 나!
참 많이 아팠구나!
또 슬픔은 뒤로하고
말없이 돌아서는 나를 보고
그대는 우아한 미소로 독침을 날린다.

독침을 맞은 나!
아무렇지 않은 '나!'를 선택했구나!
그대는 그런 '나!'를 무서워하는구나!

나는 미움도 없다.
나는 억울함도 없다.
나는 그대를 이해시킬 생각도 없다.

그런 나는 그대의 분노를 더 일으켜
원수가 되어 싸움도 안되는 싸움을 했구나!
대상은 있는데 상대가 없는 원수들의 싸움!

내가 숨어버렸고 내가 피해버렸던 싸움이
그대를 우아한 미소로 독침을 날리는 원수로 만들어버렸다.

미안하다. 아직은~
나는 그대를 이해시킬 생각도
그대와 원수로 싸움을 할 생각도 없다.

그대는 내가 좋아서
나를 보았는데
나는 그대에게 미움을 선물했구나.
미안하다.
아직은 너를 위해 나는 살 수가 없다.
앞으로도 나는 너를 위해서는 살 수 없을 것 같다.

나의 선택!
바램도 없는 슬픔으로
나는 가엾은 나를 마주한다.

나는 그런 나를 부끄러워했구나!
나를 더 보여서 나를 위해 살아보자.
부끄러운 나도 이별을 준비할 때가 된 것 같다.

이별!
시원한 이별로 세상으로 나가보자!

겨울 공부가
나의 슬픔을 마주하게 하여
가엾은 부끄러움과 이별을 준비하게 한다.

가르침 주시는 나의 스승님!
감사합니다.

아프고 슬프지만 노력하겠습니다.

## 다른 삶

2024. 1. 27.　　　0:34

우리가 사는 이 길이 다 같을 순 없다.
인정하자.
다 다른 삶을 사는데
왜 같은 삶을 살자고 하는가?
그냥 인정해 줄 수는 없는가?
다른 삶을 가라고 할 수는 없는가?

우리는
싫다고 한다.
싫다고~

어쩔 수 없이 우리와 같은 길을 간다.
그렇게 죽어간다.
왜 모르는가?
죽어가는 우리를~
죽여버린 우리를~

살아보자.
살려보자.

같은 길 속 다른 삶을 사는 우리를

인정하고 받아들이고 존중하면서

각자의 삶에
기꺼이 박수를 보낼 수 있는
우리가 되길 소망한다.

다른 삶을 존중하는 우리이길~

## 나에게 보내는 편지!

2024. 1. 29. 1:37

앞으로의 첫사랑이길!
나와 나는 사랑하길!

그동안의 나와 작별하지 않고
앞으로 다가올 나도 밀어내지 않고

있는 그대로의 "나"로
첫사랑으로 시작해서
끝없는 마지막 사랑이 되길
"나"에게 편지를 보낸다.

그동안 잘 살아줘서 고맙다!

앞으로의 삶도
축복의 사랑이길~ 기도한다.

사랑하는 "나"
너의 사랑이 빛나길
늘 응원하고 응원한다.

사랑한다!
민관영!

그대들도 첫사랑이길~

축복의 삶이길~

응원합니다.^^

해울의 시

**1판 1쇄 발행** 2024년 05월 17일

**저자** 민관영 **글 편집** 이진경

**편집** 윤혜린 **마케팅·지원** 김혜지

**펴낸곳** (주)하움출판사 **펴낸이** 문현광

**이메일** haum1000@naver.com **홈페이지** haum.kr
**블로그** blog.naver.com/haum1000 **인스타그램** @haum1007

**ISBN** 979-11-6440-582-4(03810)

좋은 책을 만들겠습니다.
하움출판사는 독자 여러분의 의견에 항상 귀 기울이고 있습니다.
파본은 구입처에서 교환해 드립니다.